초판 1쇄 인쇄 | 2022년 10월 05일
초판 1쇄 발행 | 2022년 10월 12일

지은이 | 김윤태
펴낸이 | 박영욱
펴낸곳 | 북오션

경영지원 | 서정희
편　집 | 고은경·조진주
마케팅 | 최석진
디자인 | 민영선·임진형
SNS마케팅 | 박현빈·박가빈

주　소 | 서울시 마포구 월드컵로 14길 62 북오션빌딩
이메일 | bookocean@naver.com
네이버포스트 | post.naver.com/bookocean
페이스북 | facebook.com/bookocean.book
인스타그램 | instagram.com/bookocean777
전　화 | 편집문의: 02-325-9172　영업문의: 02-322-6709
팩　스 | 02-3143-3964

출판신고번호 | 제 2007-000197호

ISBN 978-89-6799-712-0 (03810)

우리가 다시 만날 수 있다면

김윤태 장편소설

Bookocean

작가의 말

인간은 태어남과 동시에 사랑에 대한 갈망이 시작된다. 갓 태어난 아이는 어머니의 품에 안겨 무언지도 모를 모성애를 느끼며 무럭무럭 자라난다. 그 아이는 조금씩 성장하는 과정을 통해서 사랑의 기쁨과 슬픔을 알아가고 죽기 전까지 늘 사랑에 목마르다. 그래서 인간의 사랑에 대한 관심과 호기심은 절대로 사그라들지 않는다. 사랑의 종류는 무수히 많이 존재하지만, 그중 가장 강력한 사랑은 남녀 간의 로맨스 즉, 연애의 감정이다. 나 역시도 마찬가지였다. 사랑에 대한 감정이 무뎌진 나이에도 상상 속에서는 무수히 많은 다양한 사랑을 시작하고 끝냄을 여전히 반복하고 있다. 사랑이란 감정은 신조차도 어찌할 수 없는 독불장군이며 욕심쟁이이다. 그래서 사랑은 무엇보다 달콤하지만, 또 그 어떤 것보다 쓰디쓴 맛을 가진다. 내가 만약 사랑에 관한 이야기를 만든다면, 달달한 로맨스가 아닌 눈물을 펑펑 쏟아내는 애틋하고 애절한 로맨스에 대한 이야기를 만들고 싶었다. 하지만 너무나 뻔한 서사를 가진 로맨스를 쓰고 싶지 않았던 나는 국내에서 유독 비주류 분야이긴 하나, 장르 문학인 추리·미스터리와 로맨스로 구성된 작품을 쓰게 된 것이다.

어려서부터 나의 어머니는 '네가 살아갈 세상은 콤퓨타 세상이다. 다른 건 몰라도 콤퓨타 학원은 보내주마'라고 말했고, 초등학생이던 나는 대학에 들어가기 전까지 컴퓨터 학원을 다녔다. 고등학교에 입학하고 나서 '이과'와 '문과' 중에 하나를 선택해야 했고, 누군가 내게 '남자는 무조건 이과를 가야만 먹고 살 수 있다'라고 하여 생각 없이 선택한 이과의 교육을 받고 자랐다. 그런데 어려서부터 만화가, 영화감독 등 이야기를 만드는 것과 <u>스스로</u> 표현하고 싶은 욕망은 연기에 대한 갈망으로까지 이어져 대학은 '예체능'인 방송연예과에 입학하였다. 이후 다양한 일들을 하고 결국 IT 개발자로 17년 이상을 일하게 됐다. 그것이 겨우 지난해 2021년 4월 16일까지의 일이었다. 회사에서 팀장과의 불화가 시작되고 나서부터 퇴사를 하기 위해 준비를 하게 되고 평소에 생각이 많고 관찰하기를 좋아했던

나는 무작정 글을 쓰기 시작하였다. 이로써 나는 이과와 문과 그리고 예체능까지 다양한 분야에 걸친 전문가가 되었다. 그렇게 시작된 블로그로 인해 어느 정도 자리를 잡게 되고, 퇴사하기 일주일 전부터 퇴사 후 3일 동안 총 10일간 썼던 원고가 바로 독자들이 읽게 된 이 작품이다. 5일간의 퇴고와 추가 분량을 쓴 끝에 정확히 퇴사한 지 1년이 된 시점의 올해 4월에 놀랍게도 출판사와 계약을 하였다. 먼저 나를 선택하고 함께 일을 할 수 있게 도움을 주신 북오션 출판사

대표님과 편집장님 및 직원분들에게 감사를 드리고 싶다. 또 매 순간 성실한 모습으로 든든한 지원자가 돼준 아버지, 항상 미운 손가락이었지만 그로 인해 목표에 대한 동기부여를 만들어준 어머니, 늘 내 상상력의 소재가 되어 주는 사랑하는 효정이 그리고 지금까지 글을 쓸 수 있게 용기와 격려를 아낌없이 보내주신 후원자분들 김성희(앤) 님, 김병길(낭만 선인) 님, 김혜영 님, 근께롱님, 보노님, 비단채완님, 리드마리님, 큐라님, 알콜램프님, 머리에꽃뺀님, 여르미님, 책사랑님, 아유시아님들께 진심으로 감사의 인사를 드린다. 이들이 없었다면 노트북 '직박구리' 폴더에 이 소설이 오랜 시간 묻혀버렸을지도 모른다. 이 소설 한편으로 내 인생이 크게 달라지진 않겠지만, 나의 작품과 글을 항상 좋아해 주는 팬들이 있어 하루하루 글을 쓸 수 있다.

이 이야기는 어느 정도의 실화와 상상력으로 만들어낸 '긴가 쟌'의 이야기이기도 하다. '우리는 모두 시궁창에 있지만, 몇몇은 별을 바라보고 있다.' 오스카 와일드의 이 글귀는 내가 소설을 쓰게 된 동기이자, 이 소설이 다루고자 했던 세상에 대한 조언이다.

목차

1장.
프롤로그

프롤로그

내 말이 끝나자 소미는 나를 지긋이 바라보았다.

그녀는 뭔가 절제된 입 모양에 숨겨진 미소를 품고 있었다. 그리고 점점 커다란 눈이 스르르 감기며 살며시 내게로 다가오고 있었다.

마카롱 같은 달콤한 입술은 서서히 벌어져 딸기를 품고 있는 것처럼, 촉촉한 연분홍 혀를 드러나보이게 했다. 본능적으로 나는 두 팔로 소미를 감쌌다. 기울어진 그녀의 얼굴에 맞추어 딸기를 맛보았다.

딸기의 과즙이 흘러내리듯 내 입안으로 달콤함이 한가득 스며 들어온다. 농부의 정성스러운 손길처럼 내 혀는 소미의 혀를 부드럽게 촉촉이 다독인다. 저기압과 고기압이 만나 태풍이 되어가듯, 내 두 볼을 타고 찌릿한 전율이 목뒤까지 전해져 번개를 치고 있었다. 흥분한 내 육체는 그녀를 더 깊숙이 안아준다. 그녀가 전해준 진득한 맛 좋은 딸기 과즙 몇 번을 목구멍으로 삼키고서야, 비로소 사랑의 행위는 끝이 난다.

짧은 시간이었지만 처음으로 행복함을 느꼈다.

우리는 자세를 곧바로 추스르고 잠시 동안 벤치에 앉아 앞만 보고 아쉬움을 달랬다. 많이 어색했다.

"저기, 여기서 잠깐 기다려 줄래? 집에 가기 전에 아버지가 부탁한 물건 좀 사 와야 할 것 같은데."

"어? 그래. 대신 빨리 와야 해. 여기 생각보다 음침하단 말이야."

"얼마 안 걸려. 길어봐야 5분? 10분? 아무튼 최대한 빨리 올게."

나는 무작정 뛰기 시작했다. 아버지의 선물이 아닌 소미의 선물을 사기 위해 뛰었다.

5만 원에서 3만 원을 쓰고 남은 2만 원이 주머니에 있었고, 아까 소미가 본 인형의 가격은 19,800원이니 구매를 해도 200원이 남는 금액이었다.

그녀가 인형을 바라보던 눈빛을 나는 기억한다. 내색은 안 했지만 무척 갖고 싶은 눈치였다. 내가 사준 인형을 안고 그녀가 곤히 잠을 잘 거란 상상을 하다 보니, 나는 슈퍼맨처럼 더 빠르게 뛸 수가 있었다.

생각보다 빠르게 인형가게에 도착했지만, 아뿔싸! 영업시간이 끝난 건지 사장님은 밖에 내다 놓은 인형들을 바쁘게 정리하고 있었다. 다행히 원하던 인형은 그대로 있었고 왜 이제야 왔냐는 듯 나를 쳐다보고 있었다.

급한 마음에 큰소리로 사장님을 불렀다.

"저기요. 정말 죄송합니다. 제 여자친구가 인형을 너무나 원하고 있어서 이거 꼭 사고 싶은데요. 지금 제게 꼭 팔아 주세요. 부탁드립니다."

내 목소리가 늦은 밤에 크게 들렸는지 사장은 몸까지 꿈틀거리며 나를 바라본다.

"아이고, 깜짝이야. 학생! 이 밤에 이렇게 크게 소리를 지르면 어떡해?"

나에게 크게 화를 냈지만 나는 아랑곳하지 않았다. 나의 관심은 오로지 손가락으로 인형만 가리키고 있었다.

"이거를 산다고? 뭐 사정이 그렇다면 팔아야지."

사장님은 가격표를 쓰윽 보더니 19,800원인 걸 확인하고 곤란한 듯 다시 내게 말을 했다.

"지금 정산을 다 마무리를 해서 잔돈이 없는데… 학생 내일 오면 안 되나?"

"아니에요. 지금 당장 2만 원에 쿨 거래하겠습니다. 저 인형의 가치는 단돈 200원의 손해보다 더 값진 거예요. 여기요!"

"그리고 봉투는 지금 없는…" 사장님의 대답을 갈치조림의 배를 가르듯 자르고 2만 원을 재빠르게 건넨 후, 인형을 집어 들고 물건을 훔친 도둑놈처럼 다시 소미에게 달려갔다.

핸드폰으로 시간을 계속 틈틈이 보면서 인형을 품에 안고 달려가 소미가 있는 가로등 벤치에 거의 도착했다.

그런데, 눈앞에는 복면을 쓴 누군가가 소미를 바닥에 눕히고 칼을 들어 위협하고 있었다. 칼끝에는 이미 피가 흥건히 묻어있었다. 내 손에 들려있던 인형은 낙엽처럼 떨어지고, 나는 소리를 크게 지르며 달려갔다.

"야, 이 새끼야! 뭐 하는 거야?"

소리를 지르며 달려오는 나를 보더니 그 남자가 급하게 도망을 치고 있다. 그놈을 잡고 싶었지만 쓰러진 소미를 먼저 살폈다.

"아… 아악… 소… 소미야… 어떡해…"

내 눈에 비친 소미의 얼굴은 너무나 참혹했다. 눈물이 눈을 적시다 못해 눈동자 안에 우물처럼 금세 가득 고여버렸다. 수도 꼭지를 틀어 놓은 듯 눈물은 비처럼 끊임없이 내렸다. 내 시야는 모자이크처럼 흐릿하게 점점 아무것도 보이는 게 없었다. 눈물을 닦아내고 또 닦아내며 소미를 바라본다. 와플처럼 조각조각 베어진 칼자국이 선명했다. 벌어진 칼집 난 피부 사이로 시뻘건 피는 계속 흐르고 있었다.

그 상황을 보고 지나가던 사람들이 하나둘씩 모여들고 있었다.

"도와주세요. 누가 구… 구급차 좀 불러주세요."

도움을 주려고 다가온 사람 중에 누군가가 소미의 얼굴에 난 심한 상처를 보고 놀라 멈칫거린다. 누구도 적극적으로 움직이는 사람은 없었다.

나는 두려움에 온몸을 부들부들 떨고 있었다. 새어 나오는 피를 조금이라도 멈추기 위해 그녀의 얼굴을 부여잡고 연신 울기만 하고 있었다. 그녀의 상체를 일으켜 내 품에 꼬옥 안아 주었다. 새하얀 내 교복 상의는 장미를 물에 풀어 놓은 듯 짙게 물들어 버렸다. 눈물과 콧물이 뒤섞여 입안에는 바닷물을 마신 기분이었다.

"제… 발…"

2장.
석태 이야기

석태 이야기

벚꽃잎이 마치 봄에 내리는 눈처럼 휘날린다.

불어오는 봄바람을 날개 삼아 하늘로 날아오르는 모습이다. 그것은 마치 깃털처럼 가벼워 손으로 잡을 새도 없이 바쁘게 떨어진다. 나는 오랜만에 그녀의 향기와 많이 닮은 꽃내음에 취해본다.

내가 그 아이를 만난 건, 오늘처럼 벚꽃이 한창 만개하던 어느 봄날이었다. 그때의 기억 속으로 빠져든다.

고3이 된 나는 수업을 마치고 집으로 돌아가는 길이었다. 평상시와 다르지 않은 하굣길의 길 잃은 강아지의 습관처럼, 2년 내내 지나온 흔적을 따라 하염없이 길만 보며 걷고 있었다. 천천히 한걸음 내딛는 오른발 앞으로 갑자기 조그만 발 하나가 내 그림자 안으로 스며들어온다. 그리고 느릿한 내 발걸음을 정확히 멈추게 했다. 행여나 밟을 새라 고개를 살며시 들어본다.

키가 컸던 나와는 정반대로 그녀의 정수리가 보일 정도로 작고 귀여운 모습이었다. 내가 키가 커서 그녀가 작아 보였을 뿐 결코 작은 키는 아니었다. 그녀의 등 뒤로 무심한 듯 흘러가는 구름처럼 새하얀 피부와 봄 나비와 닮은 휘날리던 꽃잎의 나뭇가지처럼 가슴까지 내려온 긴 생머리가 보인다. 커다란 두 눈에는 수줍게 숨어 있던 속쌍꺼풀이 마법을 부리듯 내 마음을 빼앗아 버렸다.

그녀는 벚꽃만큼 눈부시게 아름다웠다. 인간을 꽃으로 비교할 수 있다는 걸 처음 느껴본 날이다. 말없이 핸드폰을 내밀던 그녀의 손을 보며, 말로만 듣던 '헌팅이 아닐까'라는 착각도 잠시, 그녀는 내게 말을 건넸다.

"너, 김석태지? 벚나무를 배경으로 사진 하나만 찍어 줄래?"

처음 보던 나와는 다르게 이미 나를 알고 있는 눈치다. 내 이름을 불러 주었다.

"어? 응. 맞는데…"

"일단 빨리 찍어. 사람들이 지나가잖아!"

"어… 그래." 당황한 나는 촬영 버튼을 무심코 여러 번 누른다. 찰칵! 찰칵!

"바보야! 그렇게 막 찍으면 어떡해?"

"…?" 어이없게도 그녀는 내게 화를 내고 있다.

"미안. 나는 사진을 찍어 본 적이 없어서…"

"그래? 그럼 우리 같이 찍자. 다른 사람에게 부탁하지 뭐."

"두… 둘이? 왜?"

"뭐야? 나랑 찍기 싫다는 거야? 너 시력이 안 좋구나?"

그녀는 한 걸음 다가와 커다란 눈으로 살며시 내 두 눈을 유심히 바라본다.

"맞네, 맞아."

"뭐가?"

"너 눈이 안 좋다고 말이야."

"아닌데! 나 눈이 워낙 좋아서 몽골인 아니냐는 말도 듣는데."

내가 뱉은 말인데도 들려오는 나의 대답은 조금 흥분한 목소리였다. 이내 그녀는 이해할 수 없다는 표정으로 고개를 저으며 뾰로통하게 말한다.

"이해할 수가 없네…"

"도대체 뭐가 이해가 안 되는데?"

1초! 2초! 짧은 침묵이 흐르고 말을 계속 이어간다.

"가까이에서 나와 눈이 마주치고 반응이 없는 남자는 네가 처음이야."

순간 나는 웃었다. 아주 크게 웃었다. 표정이 아닌 소리를 내어 웃어 본 건 참으로 오랜만이다. 나는 그만큼 잘 웃지 않는다.

"뭐가 우스운데?"

"너 참 별난 아이구나? 너는 네가 예쁘다고 확신을 하고 있는 것 같아서."

"왜? 너는 내가 예쁘지 않아?"

"아니! 물론 예쁘지. 그것도 아주 많이. 그 사실을 네가 너무 잘 안다는 게 재수 없어서 말이야."

나도 모르게 본심이 흘러나와 버렸다. 상처를 주려고 한 말은 절대 아니다.

"어라? 눈은 정상이었네."

그녀가 배시시 웃었다. 웃는 모습도 너무나 아름다웠다.

사람을 웃게 만드는 묘한 매력이 있는 아이다. 단지 그녀가 예뻐서였을까. 아름다움이란 보는 것만으로도 이렇게 웃음이 나는 걸까? 만약, 못생긴 아이가 내게 이렇게 말했더라면 나는 그냥 가버렸을 지도 모른다. 나는 한없이 착한 사마리아인이 아니기 때문이다.

"그런데, 우리 아는 사이야?"

"너도 반말을 하는 거 보면 그렇게 받아들인 거 아닌가."

"글쎄. 나는 네가 반말을 하길래 나도 하게 된 거지. 그래서 날 어떻게 아는데?"

"난 2학년 7반이었고, 넌 3반이었지."

그녀는 무심한 듯 말끝을 흐린다.

"어? 너 우리 학교야? 난 널 본 적이 없는데 거짓말이지?"

갑자기 그녀는 나를 등지고 어디론가 빠르게 걷는다. 우리의 대화는 아직 끝나지 않았고, 내 손에는 아직도 그 아이의 핸드폰이 들려있었다. 점점 멀어져 가는 뒷모습을 따라 재빨리 그녀 앞을 가로막는다.

"잠깐! 이거. 네 핸드폰. 내 질문의 대답도 안 하고 왜 멋대로 가는 거야?"

"아. 네가 들고 있었구나. 어쩐지 발걸음이 솜털처럼 가볍다 했네. 그럼 내일 보자."

"뭐?"

도대체 언제 우리가 또 볼 수 있는지, 그녀의 이름은 무엇인지, 나는 알 수 없었다. 그렇게 우리는 기약 없는 만남을 약속한다. 불어오는 바람을 타고 날아가듯 그녀가 말한 대로 마치 솜털처럼 가벼워 보였다. 한동안 멍하니 서서 그녀의 뒷모습만 CCTV처럼 바라만 보았다.

♯

집으로 돌아온 나는 수많은 기억의 조각들을 천천히 꺼내어 봤다. 나는 기억력이 상당히 좋은 편인데, 아무리 생각해도 그녀와의 연결고리를 알 수가 없었다. 흐트러진 기억의 조각들을 정리해 준 건, 늦은 밤 귀가한 아버지의 목소리였다.

"어이. 아들! 뭐하고 있었어?"

거실을 지나가며 한 뼘이 채 안 되게 열린 내 방문 앞에 우두커니 서 있는 아버지가 보인다.

"저녁은 먹었지?"

"네. 대충 차려 먹었어요."

"그래! 다른 건 몰라도 밥은 굶지 마라."

무심한 듯 건넨 아버지와의 짧은 대화는 항상 두 마디를 넘지 않는다. 모든 가족이 이렇게 생활을 하진 않겠지만, 우린 평범한 가정생활과는 매우 동떨어져 있었다. 정상과 비정상 그 경계선에 애매하게 오르락내리락 롤러코스터를 타고 있다. 지금도 상황은 계속해서 곤두박질치고 있는 중이다.

나는 기억조차 없지만 아파트 생활에서 연립주택으로 거기서 다시 허름한 월세방으로 내려앉았다. 그다음은 지하 단칸방이 될 수도 있다.

내 삶의 환경은 마우스 클릭보다 빠르게 변해가고 있다. 그런데도 굶지 않고 학교를 다닐 수 있는 이유는, 내가 태어나기도 전부터 아버지가 운영해오는 태권도 도장의 수입이 조금이나마 있기 때문이다.

하지만 그마저도 위태로운 상황이다. 아버지는 바보다. 나에게는 그런 사람이다. 항상 남의 일도 내 일처럼 아무런 대가 없이 아낌없이 해주셨다. 이런 점은 나도 아버지를 닮은 듯하다.

나는 어머니에 대한 기억이 전혀 없다. 내 스스로 사고력을 갖고 물체를 인지하기도 전에 어머니는 나를 버리고 어디론가 사라졌다. 어머니가 떠난 이유는 지금까지도 모른다. 아버지는 절친한 주변 사람들에게조차 말을 하지 않았던 모양이다. 하긴 자랑거리도 아닌 자신의 치부를 여기저기 말하는 것도 우스운 얘기다.

처음부터 엄마 없이 태어난 아이. 난 엄마란 존재가 아이를 낳는다는 걸 유치원에 입학할 때 처음으로 알았다. 아버지가 낳은 자식이라 생각했다.

유치원은 내가 처음 세상 밖으로 나온 곳이다. 그런데 아버지와 전혀 다른 엄마라는 이름으로 된 사람의 손을 잡고 온 수많은 아이들을 보며, 아버지의 발걸음을 따라 홀로 여기까지 걸어온 나와 비교를 하게 된다. 나의 생각은 어리광을 부리는 또래의 아이들과는 많이 달랐다. 나는 그렇게 애어른이 돼가고 있었다.

"아빠! 왜 아빠만 남자야? 나는 왜 없어?"

"뭐가 없는데? 아빤 여기 항상 네 옆에 있는데."

"그게… 아니야."

생각해 보면 이런 독립적이고 주도적인 내 삶이 그리 나쁘진 않았다. 아버지는 나에게 혼자 살아남는 법을 알려준 거라 생각한다.

더 어렸을 때 이야기다.

나는 이유 없이 누군가를 해코지하지 않는 아이였다. 내가 일곱 살 무렵 유치원에서 비교적 큰 사건이 하나 일어났다.

또래 아이들보단 덩치가 큰 아이가 한 여자아이를 계속해서 괴롭혔다. 여자아이는 유치원 리그에선 제일 예쁜 아이였다. 아름다움을 판단하는 인지능력은 나이의 높고 낮음의 차이를 무시하는 것 같다. 어린 나이에도 아름다움을 정확히 인지한다.

요즘 아이들은 시공간을 초월하며 다양한 매체와 함께한다. 아이가 울면 키즈 동영상을 어디서든 틀어주는 세상이다. 그런 환경은 아이들의 눈높이에도 영향을 미친 건지도 모른다.

나는 유심히 바라보았다. 살집이 차오른 아이가 여자아이의 치마를 들추는 모습을 보았다. 여자아이는 '하지 마'라고 외쳤다. 남자아이는 아랑곳하지 않고 똑같은 행동을 반복한다.

이윽고 옆에 있던 조금은 못난 친한 여자아이가 달려들며 말린다. 말리는 그 아이를 덩치 큰 아이가 찐빵 같은 묵직한 손으로 툭 밀친다. 여자아이는 접힌 색종이처럼 고이 접혀 널브러진다.

아이들의 울음소리가 여기저기서 울려 퍼진다. 마치 사운드 오브 뮤직의 한 장면처럼 운율이 존재한다. '도레미파솔' 나는 그 장단에 맞춰 흥얼거린다. '시도레미파' 다만 영화와 다른 점은 매우 듣기 시끄러운 소리였다는 것이다.

나는 단지 그 상황을 보고만 있었다. 내가 이 상황에 끼어든다 해도 결코 좋은 결과를 보장하지 않는다는 걸, 어린 나이에 이미 인지하고 있었다. 사자 혼자선 커다란 코끼리를 쓰러트리지 못하는 사실을 꼭 동물의 왕국을 보지 않아도, 일곱 살의 나는 알고 있었다. 왜인지는 모른다.

나는 누구인가… 누구를 닮았을까?

소란스러운 상황을 알고 선생님이 들어와 이 상황을 급하게 마무리한다.

"얘들아! 무슨 일이니?"

선생님은 울고 있는 아이들을 달래주며 이유를 묻고 있었다. 동시에 흥얼거리던 나를 바라보며 이야기한다.

"석태야! 좀 조용히 해줄래? 넌 이 상황에서 노래가 나오니?"

나는 그제서야 부르던 노래를 멈추었다. 정신없는 어수선한 상황에서 아이들은 내가 흥얼거린 줄도 몰랐던 모양이다. 선생님의 꾸지람에 그때 하나둘씩 눈물을 닦으며 나를 바라보는 시선을 느꼈다. 사건의 당사자인 덩치 큰 아이는 모른 체하며 슬그머니 나에게 조용히 다가온다. 그리고 말을 건넨다.

"어때? 재밌지? 다음엔 너도 함께 할래?"

그 아이를 멀뚱히 쳐다만 보았다. 특별한 대답은 하지 않았지만, 그 아이도 내가 싫은 눈치는 아니었다.

이 경험은 내 인생 첫 큰 사건이었다. 문득 만약 내가 좀 더 강해진다면 누군가를 지켜줄 수 있을지도 모른다는 생각을 했었다. 그 이후 나는 누군가에게 도움이 되는 사람이 되고 싶다고 처음으로 생각했다.

♯

요란하게 울리는 핸드폰 알람 소리. 누가 와서 깨우지 않아도 본능적으로 아침마다 나는 눈을 뜬다. 쓰러진 오뚝이의 탄성력처럼 기운차게 일어난다. 지금까지 나는 아침밥을 먹어 본 적이 없다. 정확히 말하면 아침다운 아침을 말이다.

아버지는 일찍부터 일어나 도장으로 출근을 한다. 그래서 아버지와의 만남은 밤늦게 집으로 돌아온 그때 잠깐뿐이다. 그래서 집안은 공동묘지만큼 매우 고요하다. 거실 식탁에는 즉석조리 밥이 가득 쌓여있다. 그 옆에는 다양한 국거리들이 즐비하다.

아버지는 나가면서 유일하게 그날 먹어야 할 국거리를 정해주고 가신다. 마치 영양사처럼 말이다. 그런 사소한 행동 하나로 나에 대한 무거운 마음을 덜어내고 싶은 모양이다.

오늘은 내가 제일 좋아하는 미역국이다. 내가 왜 미역국을 제일 좋아하게 된 건지는 나도 모른다. 어려서부터 늘 먹어와서 그런 건 아닐까라는 생각을 잠시 해본다. 특이한 건 아버지는 미역국을 싫어하셨다. 그런데도 집안에는 내가 좋아하는 미역국이 잔뜩 쌓여있다. 혹시 엄마의 입맛을 닮은 건 아닐까? 전자레인지에 밥과 국을 함께 넣고 시간을 5분에 맞춘다. '땡' 소리와 함께 시간이 끝이 나고, 밥을 그릇에 덜어 국과 밥을 넣고 휘휘 젓는다. 그리고 봉투에 쓸어 담듯 입안에 마구 쑤셔 넣는다.

곧바로 욕실로 들어가 양치를 하면서 샤워를 하기 위해 몸에 물을 적신다. 비누칠과 양치질을 동시에 하며 등교 준비를 하고 있다. 나는 자연스럽게 두 가지 일을 같이 하고 있었다. 뭐가 그리 바쁜 건지 항상 두 가지 이상의 일을 함께 한다. 생각보다 빠른 시간에 준비 시간이 모두 끝나고 밖으로 나선다.

학교와의 거리는 멀지 않은 곳이다. 나는 보통 남들보다 일찍 등교를 한다. 수업 시간이 될 때까지 그동안 소설책을 읽으며 조용히 시간을 보낸다. 아버지는 어려서 독서의 중요성을 강조하셨다.

내가 초등학교 저학년 무렵이었다.

"석태야! 아빠가 선물을 하나 준비했는데, 궁금하니?"

호기심과 기쁨이 공존하는 초롱한 눈빛을 하고 아버지를 물끄러미 바라본다.

"뭔데요?"

"이건 동화책이란 건데 《어린왕자》야. 한번 읽어 볼래? 잘은 몰라도 주인공이 석태랑 나이가 비슷할 텐데."

기대와 다른 선물에 한풀 꺾인 기분으로 책을 유심히 바라본다.

"아빠! 나 이거 안 읽을래요."

"왜? 이유를 들어봐도 될까?"

"이 아이 머리 모양이 이상해. 고슴도치 같아. 맘에 안 들어."

아버지는 미소를 짓는다.

"그림이 마음에 안 드는구나. 그런데 겉모습만 보고 무언가를 판단하는 건 안 좋은 거야. 네가 이 책을 읽다가 그래도 마음에 안 들면, 아빠한테 얘기해 줄래? 그때는 안 봐도 된단다."

나는 얼굴을 씰룩거리며 양 볼에 바람을 넣었다 뺐다를 여러

차례 반복한다. 결국엔 그 책을 읽기로 마음을 먹는다.

"네…" 마음에 들진 않았지만, 그 이후로 나는 책을 조금씩 읽어나간다. 읽는다기보단 쳐다본다는 느낌이 강했다.

그런데 책을 볼수록 나는 그 세계로 깊이 빠져들고 만다. 아버지의 말처럼 동화 속 어린 왕자가 나와 상당히 비슷해 보였기 때문이다.

오랜 시간 작은 소행성에 갇혀 생활하던 어린 왕자는 이곳저곳 여행을 하게 되고 결국 지구로 오게 되는데, 황량한 사막에서 여우를 만나게 된다. 여우는 말한다. '마음으로 보아야 잘 볼 수 있다는 거야. 중요한 것은 눈에 보이지 않아. 네 장미를 그토록 소중하게 만든 건, 네가 그 장미를 위해 소비한 시간 때문이야.' 중요한 건 표현을 안 하면 아무도 그 사실을 모른다는 것 같다. 그 당시에 나는 몰랐다. 보이는 게 전부인 아이였다.

때마침 아이들이 하나둘씩 교실로 들어오고, 곧이어 수업 종이 울린다. 1교시가 시작될 무렵 담임선생님과 함께 여자아이가 들어온다.

이런! 내가 아는 아이다. 어제 만난 그 이상한 아이.

심장이 미친 듯이 뛰고 있다. 그 심장의 울림이 내 달팽이관을 마구 때리고 있었다. 그러다 나와 눈이 마주친다. 보란 듯이 나를 의도적으로 빤히 쳐다보는 것 같다. 마카롱 같이 귀여운 입술이 양쪽으로 서서히 올라가고 있다. 내 마음을 들킬세라 시선을 잠시 창밖으로 돌려본다.

선생님은 그녀를 전학생이라 말하며, 그 아이에게 스스로 자신을 소개하라고 했다.

"반가워. 앞으로 잘 부탁해. 내 이름은 이소미야."

전학생? 이상하다. 전학생인데 그녀는 어떻게 내가 2학년 3반인 걸 알았을까. 때마침 선생님이 내가 궁금해하던 말을 이어간다.

"작년에 전학을 왔다가 개인 사정으로 반만 배정받고 학교생활은 하지 못했어요. 이제 조금 늦었지만 3학년이 돼서야 다시 수업을 듣게 됐으니, 여러분들도 참고하고 되도록 친하게 지내길 바래요. 소미는 저 뒤에 남은 자리에 앉고, 자! 이제 수업을 시작할 테니 모두 집중하자."

하필 내 옆자리다.

항상 일찍 등교를 해서 자리를 선점하는 나는, 제일 뒤쪽 창가에 앉는다. 자리에 앉자마자 나를 한번 쓱 쳐다보며 윙크를 한다. 당황한 나는 고개를 또 돌리고 만다. 이건 내가 진 게 아니다. 그런 내 모습을 보고 그녀는 또 웃는다. 웃음이 많은 건지 나를 비웃는 건지 뭐가 그리 웃고 싶은 이유가 많을까….

오전 마지막 수업이 끝나고 점심시간이다. 교실 안이 무척 소란스럽다. 시끄러운 소리의 울림을 깨고 정확히 들려오는 한마디 부드러운 음성이 있었다. 내가 그 아이를 신경 써서 그런 건지 유독 더 소리가 잘 들린다.

이소미! 그녀가 나에게 말을 걸었다.

"우리 다시 만날 거라고 했지?"

말이 끝나고 자신의 이름과 흡사한 미소를 짓는다.

"점심! 같이 먹을래? 오늘 처음이라 먹을 사람이 없네. 너는 누구랑 먹어?"

"나는 혼자 먹는데."

불친절한 말투로 퉁명스럽게 대답했다.

"왜? 너 아싸야?"(아싸: 신조어. 아웃사이더, 외톨이로 쓰임)

웃으며 말을 하면서도 자신의 생각을 매우 거침없이, 할 말은 다 하는 아이였다.

"아닌데. 그냥 혼자가 좋아서 그런 건데. 나 인기가 많아서 아주 귀찮은데."

"그래? 뭐 그건 중요한 게 아니고 그래서 먹을래? 말래?"

딱히 싫은 건 아니었기에 우린 함께 점심을 먹으러 식당으로 갔다. 내 키는 정확히 188센티미터였고 그녀는 내 아랫입술을 간지럽힐 정도의 키였다. 대략 165센티미터 정도가 돼 보인다.

우린 서로 나란히 걸으며 식당으로 가면서 못다 한 이야기를 주고받는다. 궁금함에 먼저 말을 꺼낸 건 나였다.

"너 왜 그때 나한테 사진을 찍어 달라고 한 거야? 그 길을 지나가는 사람이 나 혼자는 아니었는데. 내 앞에도 내 뒤에도 우리 학교 학생들이 많았잖아."

내 말을 들었음에도 고개만 돌려 말없이 나를 바라본다. 그리고 또 배시시 웃는다.

"야! 너. 왜 자꾸 웃기만 하는 거야? 뭐가 그렇게 기분이 좋은데? 도대체 뭐가 그렇게 행복한 거야?"

행복하지 못한 나 자신을 채찍질하듯 가던 길을 멈추고, 나는 평소보다 큰 목소리로 말을 해버렸다. 지나가던 다른 아이들이 힐끔 쳐다보는 시선이 느껴질 만큼의 큰소리였다. 순간 '내가 너무 심하게 행동한 건 아닐까'란 생각이 문득 들었다.

"그곳에서 내가 아는 유일한 사람이 바로 너였으니까. 그게 이유야. 다른 건 없어."

"너. 작년에 전학은 왔지만, 학교에는 오지 않았다며? 그런데 나를 어떻게 알았어? 내 이름까지 알던데. 자꾸 나를 무시하지 말고 솔직히 말해봐. 슬슬 짜증이 나려고 하니까."

내가 이렇게 화를 내는데도 그녀는 아랑곳하지 않는다. 오히려 더 사랑스럽게 장난을 쳐가며 내게 말을 한다. 여전히 웃으면서 말이다. 왠지 그게 더 거슬렸다.

"사실 학교에 등교는 하지 않았지만, 네 사진을 봤지. 너 아주 유명하던데? 교무실 복도만 지나가도 누구나 다 알걸. 그리고 지나가는 네 모습도 어렴풋이 멀리서 잠깐 봤었고. 그래서 네 이름을 안 거야. 너 혹시… 내가 너를 스토킹한다고 생각하는 거니?"

소미는 평소의 웃음보다 좀 더 크게 손으로 자신의 입까지 가리면서 웃는다. 손의 크기보다 얼굴이 더 작아 보였다.

"웃어? 또 웃어. 너 학교에 못 나온 사정이란 게 무슨 불치병 같은 거 걸린 거 아냐? 정상적인 사람의 웃음보다 쓸데없이 너는 많이 웃는 것 같은데. 불치병이 아니라면, 이참에 병원을 한번 가보지 그래."

나는 비아냥거렸다. 내 말이 끝나자 표정이 사뭇 바뀐 그녀는 좀 더 진지한 말투로 내게 말을 했다.

"글쎄. 내가 웃는 웃음이 정말 진실한 웃음일까?"

그녀는 말끝을 또 흐리며 나에게 철학적인 질문을 던지고 먼저 앞서나간다. 나는 어제와 똑같이 그녀의 뒤를 빠르게 쫓아가고 있었다.

그런데 곰곰이 생각해 보니, 이젠 더 깊숙이 파고들 이유가 없다. 누구나 숨기고픈 비밀은 있는 법이니 말이다. 배가 고파서인지 말을 최대한 아꼈다.

우리는 식당으로 들어섰고 새로운 전학생인 그녀에게 모두들 관심이 많아 보인다. 단순히 전학생이라서 그렇다기보다는 그녀가 예뻐서인 게 분명하다. 여자들은 질투 어린 시선을, 남자들은 혹시나 하는 기대감으로 그녀를 바라본다.

내 입으로 말하긴 부끄러운 이야기지만, 나는 의외로 인기가 많은 아이다. 나 스스로 아이들과 거리를 두곤 있지만, 그럼에도 내게 관심을 보이는 여자아이들이 많이 있었다.

그중에 한 명이 새롬이란 여자아인데, 그녀는 흔히 말하는 불량한 학생이었다. 내 기준엔 그랬다. 항상 속옷이 보일 정도로 짧은 치마와 자신의 골반을 감싼 듯한 교복을 입고 있다. 신체의 실루엣이 적나라하게 훤히 보이고 자신의 몸을 과시하듯 뽐내고 있다. 나이와 어울리지 않는 모습이다. 조금 더 빨리 성인이 되고 싶은 걸까? 아니면 그게 아름다운 거라 착각하는 것일까? 이상하게 나는 모든 것이 항상 궁금했고 분석하는 것이 습관이 돼버렸다. 새롬이는 미모로 따져도 소미가 오기 전까진 제일 예쁜 아이였다. 이것도 내 기준이다.

그녀를 둘러싼 친구들도 비슷한 부류였고, 남자들은 학교 안에서도 싸움 좀 하는 미래의 유망한 건메달리스트(건달+메달리스트, 지은이)를 꿈꾸는 건달이나 될 아이들이었다. 그리고 그들이 속한 그룹의 리더는 항상 돈줄을 쥐고 있는 부잣집 아들이다.

비선 실세! 곽태권.

그의 아버지는 유명한 기업의 부사장이다. 지금 내가 쓰고 있는 핸드폰도 그 아이 아버지 회사에서 만든 제품이다. 그런 아이가 부유한 명문 사립고를 놔두고 왜 이 학교로 왔는지는 알 수 없지만, 내 생각엔 '용의 꼬리보단 뱀의 머리'가 되고 싶었던 모양이다. 돈을 제외하면 별 볼 일 없는 아이가 누릴 수 있는 최고의 환경이기 때문이다.

급식을 받아들고 빈자리를 찾아 걸어가는 도중에 새롬이 일당 테이블 앞을 어쩔 수 없이 지나가게 됐다. 그때 새롬이가 갑자기 내게 말을 했다.

"전학생? 어떻게 둘이 같이 먹는 거지? 벌써 친해지기라도 한 거야? 김석태! 너 나한테 하는 행동과 너무 틀린 거 아냐?"

상당히 심술궂은 말투였다. 나에 대한 불만을 말한 게 아니다. 옆에 있는 소미가 듣길 바라는 의도가 숨겨져 있는 말이다.

나는 그 말에 대꾸조차 하지 않는다. 그런 나를 보며 새롬이 옆에 있던, 싸움 좀 한다는 우식이란 놈이 거들먹거린다.

"새롬아. 저 자식이 네 말을 그냥 무시하는데? 어떻게 내가 손 좀 봐줄까?"

그런데 새롬은 우식이 그놈을 무수히 많은 길거리에 흔한 은행나무 취급을 해버린다. 은행 열매의 퀴퀴한 냄새가 진동을 하듯, 오직 나만 바라보며 심술궂은 표정만 짓고 씩씩거리고 있을 뿐이다.

나를 손본다던 우식이란 놈은 사실 나와 상대가 될 수 없다. 신체적인 체급 차이에서 이미 그는 나와 겨룰 만한 대상이 아니다. 실력도 마찬가지다. 게다가 나는 어려서부터 태권도를 해왔고, 학교를 대표하는 학생으로 교무실 옆에 자랑스럽게 사진이 걸려있는 학생이다. 서울시 청소년 태권도 선수권 대회에서도 우승을 차지한 인물이기 때문이다. 체육 선생님은 그런 나를 체육특기생으로 추천했지만, 나는 한사코 거절을 했다. 그건 내가 원하는 인생이 아니었다. 이건 전교생이 다 아는 사실이다.

남자들은 항상 허세란 걸 부린다. 마음에 드는 여성을 차지하기 위해 또는 목적을 달성하기 위해 그렇게 하곤 한다. 이 상황도 마찬가지다. 굳이 그런 도발에 신경 쓸 가치조차 없는, 우식은 나에게 하루살이와 같은 별 볼 일 없는 존재였다.

빈자리를 찾아 걸어가 앉는다. 자리에 마주 앉은 우리는 아까 못다 한 이야기를 마저 한다. 그 첫마디는 또 내가 먼저 시작했다.

"아까 너. 무슨 말이야? 네가 웃는 웃음이 진실이 아니란 소크라테스 같은 소리는? 그럼 그 웃음의 진실은 뭔데?"

"신경 쓰지 마. 네가 알 필요도 없는 내용이니까. 그리고 꼭 밥 먹으면서까지 이 말을 해야 해? 오늘 반찬이 떡볶이야. 이거 한 번 먹어볼래? 아. 해봐."

내 입으로 다가오는 그녀의 손을 조용히 뿌리친다.

"나 떡볶이 싫어하는데. 떡 안 좋아하는데. 먹기 싫은데. 안 먹어."

초등학생이 된 기분이다. 싫다는 말을 다양하게 떽떽거리며 표현했다.

"정말? 이 맛있는 걸 안 먹는다고? 그럼 네 것도 내가 먹는다? 후회하지 마."

젓가락을 사용하는 대신 소미는 그릇을 전부 가져가 버렸다. 화를 내면서도 나는 안 먹는 음식을 소미가 알아서 먹어준다니 고맙긴 했다. 문득 이 상황에서도 소미가 저런 행동을 한다는 게 도저히 이해가 안 됐다. 정말 긍정적인 건지 아까 그녀가 한 말처럼 숨겨진 진실은 따로 있는 건지 무척 궁금했다.

밥을 다 먹고 일어나 음식물 처리를 마치고 교실로 들어가다가 유일하게 친구라 생각하는 철봉이를 만났다. 나는 아이들과 어울리지를 않아서인지 친구가 별로 없다. 유일하게 어려서부터 함께 자란 친구 놈이 방철봉이다. 유치원 시절 여자아이의 치마를 들추던 그 아이다. 우리는 그 사건 이후 친해지게 된다. 철봉이는 나와 반은 다르지만 같은 학교였다.

"이소미! 너 먼저 교실로 올라가. 나는 이놈과 할 얘기가 있어."

"무슨 비밀 얘기라도 할 모양이지? 그래. 먼저 올라가서 반 친구들과 친해져야겠다."

소미를 먼저 교실로 돌려보내고 잠깐 동안 철봉이와 이야기를 주고받는다.

"누구야? 전학생?"

"어. 오늘부터 같은 반."

부드러운 버터가 촉촉이 스며든 부드러운 빵처럼 철봉이는 소미를 보며 미소를 짓고 있었다. 맛있는 빵 앞에서 덩치가 큰 아이가 해맑게 웃고 있는 얼굴이다.

"와. 저런 쌉이쁜애가… 자식! 부러운데. 그런데 어떻게 벌써 친해졌냐?"

"쌉이쁜애? 그게 무슨 말인데?"

태어나 처음 들어보는 말이었다(쌉:과거 '킹왕짱초'처럼 최고의 표현 앞에 붙는 신조어).

"아. 이거. 요즘 내가 밀고 있는 신조어인데, 최고일 때 쓰는 말이야. 아마 언젠간 누구나 다 쓰는 말이 될지도 몰라."

철봉이는 으쓱해하며 성공한 CEO처럼 미래에 대한 상상을 하고 있는 거만한 표정의 모습을 짓고 있었다.

"네가 무슨 철봉대왕이야? 그런 거 만들 시간에 국어 점수나 더 올려라."

역시 사내놈들이란 예쁜 여자를 보면 행복한 기분이 드는 것 같다. 오랜 시간을 함께 해오면서 철봉에게 이런 표정은 그 시절 치맛자락을 들추며 기뻐하던 그때 이후론 본 적이 없었다. 소미와의 관계를 적당히 에둘러 대답했다.

"뭘 새삼스럽게 물어? 그냥 어쩌다 그렇게 됐어."

"오. 역시. 인싸!"(인싸:아싸의 반댓말)

내 어깨를 툭 치며 부러운 눈빛을 보낸다. 갑자기 표정이 바뀌면서 무언가 생각이 난 듯 내게 말을 한다.

"혹시. 너희 아버지 어디 다치신 거 아냐? 저번에 태권도 시범을 보이시다가 크게 넘어지신 적이 있는데, 그 이후 살짝 다리를 절고 계신 것 같더라고. 내색은 안 하시는데 어제 수업 시간에 내가 유심히 보니깐, 동작을 할 때마다 움찔거리시더라고. 그래서 걱정돼서 물어본다."

"아버지가?"

"그래! 관장님은 표현을 잘 안 하시잖아. 그나마 나는 친구 아버지라 살짝 떠보긴 했는데, 절대 아니라고 하더라고. 오늘 가서 아닌 척 물어봐."

아버지가 다치셨단 말에 살짝 겁이 났다. 밑바닥으로 떨어지는 롤러코스터가 탈선을 하여, 지금의 월세방에서 반지하행 급행열차로 내려앉는 게 두려운 것이 아니었다. 유일한 혈육인 아버지가 행여나 큰 문제가 생긴다면, 나는 학업을 그만둬야 할지도 모른다. 나는 어린 왕자처럼 혼자가 될 수 있다. 지금의 내 인생은 주식시장의 주가지수처럼 시시때때로 떡상과 떡락(떡상, 떡락: 오르락내리락, 주식에서 쓰는 신조어)을 하며 급변해 가고 있다.

"그래. 고맙다."

아차차! 대화가 끝나고 순간 아까 먼저 올라간 소미가 불현듯 생각났다. 첫날부터 혼자 교실에 우두커니 앉아 소외되고 있는 건 아닐까? 내가 오기만을 애타게 기다리고 있는 건 아닐까. 쓸데없이 오지랖을 부려본다.

계단을 두 개씩 오르면서 황급히 교실로 들어와 보니, 막상 소미는 다른 여자아이들과 웃으며 대화를 나누고 있었다. 소미의 머리를 만지는 아이. 옆에 붙어서 친한 척하는 아이. 어림잡아 네댓 명은 돼 보인다.

기우였던가… 왜 나는 그런 안 좋은 생각들만 했던 건지 모르겠다. 내가 염세적인 인간인 걸까? 역시 외모가 예쁜 아이들은 어디에서든 환영을 받는 것 같다. 오히려 다행이다. 귀찮은 존재를 손쉽게 떼어낼 수 있는 좋은 기회다.

그런데 나는 이율배반적인 행동을 하고 있었다. 내가 돌아왔다는 신호로 시끄러운 소리를 내면서 자리로 가 털썩 앉는다. 소미는 모른 척을 하는 건지 아니면 다른 아이들과 나누는 대화가 재미있는 건지 나에게 아무런 반응조차 없었다.

그렇게 점심시간은 끝났다. 이런저런 딴생각을 많이 하다 보니 오후의 모든 수업이 제법 빠르게 흘러갔다.

학창시절 시간은 똑같은 시간이라도 매우 더디게 간다고 한다. 사람이 인지하는 시간이란 개념은 상황에 따라 달라진다. 힘든 일을 할 때와 행복한 일을 하고 있을 때 시간의 흐름은 다르다는 말이다.

철봉의 말을 들은 후, 온통 머릿속에 아버지 생각뿐이었다. 마지막 수업 종이 울리고 나는 곧바로 교실 밖으로 나왔다. 그런 나를 소미는 힐끗 쳐다보고 있던 느낌이었다. 왠지 자신의 감정을 숨기려 하는 것만 같았다.

집으로 가지 않고 곧장 체육관으로 향했다. 조용히 문을 열고 들어갔다. 넓고 다부진 아버지의 등이 먼저 나를 반긴다. 잠시 동안 멍하니 뒷모습을 지켜본다. 자연스럽게 내 시선은 발을 보게 된다. 확실히 예전에 봤던 아버지의 움직임과 미세하게 다르다. 나는 조용히 문을 닫고 집으로 말없이 돌아갔다.

늦은 밤이 돼서야 집으로 돌아오신 아버지는 평상시와 똑같이 열린 내 방문 틈 사이로 말을 한다. 마치 녹음된 인공지능 기계처럼 말이다.

"석태야! 밥은 먹었니?"

나도 똑같은 대답을 한다.

"네. 챙겨 먹었어요."

"그래. 쉬어라."

그렇게 짙은 밤은 깊어간다.

♮

며칠이 지나고 큰 사건이 발생했다. 허겁지겁 내가 있는 2반으로 철봉이 뛰어 들어왔다.

"석태야."

거친 숨을 헐떡이고 쉬지 않고 달려온 모양이다.

"무슨 일인데?"

몇 초간의 숨을 힘겹게 고르며 말을 한다.

"새롬이가 소미를 혼내준다고 여자 탈의실로 갔다네."

아무렇지 않은 듯 나는 대답했다.

"그래서? 그게 뭐."

황당하다는 듯이 내 얼굴을 뚫어지게 바라보며 말을 한다.

"야! 너 정말이야? 괜찮아? 너랑 소미랑 '썸(some)'타는 거 아니었어?"

"썸? 무슨 헛소리야! 난 걔 싫어해."

놀란 표정을 지으며 철봉은 더 이상 말을 하지 않았다. 자신의 호흡이 안정을 찾은 뒤 커다란 몸을 이끌고 다시 밖으로 나갔다.

이소미! 그 아이가 어떻게 되든 나와는 상관없는 일이다. 내 인생의 책갈피처럼 갑자기 끼어든 건 내가 아니다. 그 아이다. 나는 읽던 책을 마저 읽어간다.

학교에는 공용 탈의실이 존재한다. 주로 체육시간에 옷을 갈아입는 용도로 많이 사용된다. 남자와 여자가 분리되어 있고, 같은 성별이라면 모든 학년이 함께 사용하게 된다. 그곳에서 옷을 갈아입던 소미에게 새롬이가 싸움을 걸어왔던 모양이다. 듣기로 새롬이는 자신의 무리를 데리고 들어가 소미에게 위협을 가했다고 한다.

소식을 들은 후, 약 십여 분이 지나자 놀랍게도 교실 안으로 아무 일 없던 것처럼 소미가 들어온다.

나는 자연스럽게 아닌 척 그녀를 나만의 눈치법 기술로 슬쩍 바라본다. 그런데 평소와 똑같은 모습이다. 어느 곳 하나 흐트러진 곳이 전혀 없었다. 철봉이가 나에게 거짓말을 하진 않았을 텐데 말이다. 어쨌든 내심 신경이 쓰였는데 다행일지도 모른다.

그런데 자리에 앉자마자 갑자기 나를 휙 쳐다본다. 책을 하염없이 보고 있어도, 내 시야는 눈동자 사각의 끝 언저리쯤에 그녀의 시선을 강하게 느낄 수 있었다. 그녀에게 질세라 모른 척 책만 계속 바라봤다. 그녀도 나를 계속 쳐다본다. 수십 초가 지나도록 나를 계속 쳐다본다.

마침내 책을 소리 나게 덮어 버리고 고개를 돌려 소미에게 말했다.

"야. 그만해. 왜 계속 나를 쳐다보는 거야. 신경 쓰이잖아."

그녀는 대답이 없었다. 평소와 달랐던 점은 소미의 그 많던 웃음기가 사라졌다는 것이다. 막상 웃지 않는 표정을 보니 더 이상 할 말이 사그라들었다. 모든 감정이 무장해제가 된 기분이다.

그때 내가 당황한 듯한 표정을 짓자 소미가 검지로 오른쪽 눈 밑을 가볍게 쓸어내리며 동시에 혀를 길게 꺼낸 보인다. '메롱'이었다.

"뭐야. 너 지금 나 놀리는 거였어?"

순간 짜증이 확 밀려왔다. 자리를 박차고 나가려고 했지만, 수업 종이 기가 막히게 울린다. 곧바로 선생님이 들어오고 수업이 바로 시작됐다.

그 이후 소미는 내게 한마디도 하지 않았다. 마치 내 기분을 읽고 있는 느낌이었다. 항상 그녀가 말을 안 했으면 좋겠다는 생각을 많이 했지만, 막상 아무 말도 없으니 뭔가 잘못된 기분이 들었다. 짭짤한 사탕을 먹고 있는 느낌이랄까? 왜일까? 그렇다고 내가 먼저 말을 걸고 싶진 않았다. 그렇게 하루 동안 우리는 서로 약속이라도 한 듯 아무 말도 하지 않았다.

다음 날 소미는 어제 일은 까마득히 잊은 듯이 학교에 오자마자 나에게 다가와 자연스럽게 친근한 말투로 말을 건넸다. 순간 그녀가 소시오패스일지도 모른다는 생각이 들었다.

"너… 혹시 어제 날 걱정한 거야? 그런 거야?"

소미의 표정과 말투는 생크림처럼 부드러웠다.

"아니. 내가 왜 너를 걱정해? 네가 내 옆자리니깐 신경이 좀 쓰인 거지. 나 사실 비위가 약해서 피를 보면 무섭거든. 그래서 떡볶이도 안 먹어. 행여나 네가 새롬이한테 얻어터진 모습을 차마 볼 수가 없을 것 같더라고…"

"그래? 난 또 네가 나를 걱정하는 줄 알았네. 그래서 심각한 척한 것뿐이야. 걱정이 아니면 말고…"

이번엔 상큼한 레몬처럼 톡 쏘아 붙였다.

그리고 소미는 내가 자신에게 거짓말을 하는 건지 확인하기 위해 내 표정을 아주 세심하게 관찰했다.

그때 교실 문이 열리고 새롬이 들어왔다. 내가 있는 곳을 바라보며 내 앞으로 성큼 다가온다. 그때 소미는 고개를 다른 곳으로 급하게 돌린다. 새롬이는 소미를 한 번 쳐다본 후에 소미의 책상 모서리에 엉덩이를 살짝 걸치고 내게 말했다.

"김석태. 오늘 영화 보러 가지 않을래? 새로운 로맨스 영화가 개봉했다던데."

껌을 아주 맛깔나게 씹고 있는지 새가 지저귀듯 '쩍쩍' 소리가 요란하다. 나는 그녀를 쳐다보지도 않고 대답했다.

"싫은데. 우식이랑 가는 건 어때? 걔는 너를 많이 좋아하는 것 같던데."

내 말이 끝나자 차가운 비소로 말을 한다.

"싫어! 내가 함께 가고픈 사람은 너라고! 그걸 왜 네가 정하는데?"

나는 새롬이를 바라보며 아버지와 대화를 하듯이 기계처럼 말을 했다.

"그럼. 거절하는 건 내 맘이지? 이건 맞는 거지? 그만 가봐."

예쁘게 생긴 두 눈이 칼로 그어낸 듯 날카롭게 변해버렸다.

"야! 네가 그렇게 잘났어? 감히 나를 무시해? 두고 봐 너! 가만 안 둬."

자신이 하고 싶은 말을 시원하게 쏟아내고 소미를 힐끔 보더니, 책상을 발로 한 번 차고 그렇게 교실 밖으로 나갔다. 교실 문을 닫는 소리는 접시가 깨져버리는 소리만큼 매우 불편했다. 이 상황을 지켜보진 않았지만 소미는 모든 걸 가만히 듣고 있었다. 아닌 척하면서도 소미는 귀 기울여 듣고 있었다. 나는 느낄 수 있었다.

불편한 분위기 속에서 모든 수업이 끝나고 선생님과의 상담을 위해 상담실로 향했다. 상담실 안에서 선생님이 나를 기다리고 있었다.

"석태야 왔니? 여기 앉아봐."

의자에 조용히 다가가 앉는다.

"무슨 일이시죠? 할 이야기란 게…"

선생님은 지그시 나를 바라보셨다. 그녀의 짧은 호흡에서 속내를 감추는 듯 보였다.

"그냥 정기적인 상담이야. 너무 부담 갖지 마. 요즘 어떻게 지내니?"

내 대답이 나오기도 전에 선생님은 먼저 말을 하셨다.

"사실… 체육 선생님이 네 재능이 아깝다고 너를 설득 좀 해달라고 부탁하더구나. 정말 체육 쪽으로 관심이 없니? 하긴 너는 성적도 중상위권은 하니 다른 걸 해도 괜찮긴 하지."

"네, 저는 운동은 하기 싫어요. 아버지가 걱정하세요. 지금 제가 좋아하는 건 글을 쓰는 거예요."

내 고집을 누구보다 잘 알고 계신 선생님은 체념한 듯 말을 하셨다.

"그래. 자신이 하고 싶은 일을 하는 게 제일 좋지. 하도 나에게 부탁을 하길래 담임으로서 확인차 물어봤어. 알았다. 내가 체육 선생님한텐 그렇게 말을 잘 할게. 이제 집으로 가도 돼."

자리에서 일어나 인사를 하고 밖으로 나왔다. 교문 밖을 나와 집으로 향했다. 학교와 멀지 않은 골목을 무의식중에 쳐다보니, 새롬이 일행과 남자아이들이 보였다. 그리고 둘러싼 무리 속 한가운데 소미가 있었다. 조금 떨어진 곳에선 태권이 주머니에 손을 넣고 벽에 기댄 채 비열하게 웃고 있었다. 우식이 놈이 소미를 벽으로 강하게 밀치는 게 보인다. 큰소리가 오고 간다. 몸을 벽에 숨긴 후에 귀를 기울여 본다. 흥분한 새롬이가 말했다.

"야! 너 석태 좋아해? 걔는 내 거라고 말했지? 쳐다도 보지 말랬는데 너 훔쳐봤다는 소문이 자꾸 들리네. 저번에 탈의실에서 경고했지? 말해봐 어서!"

새롬은 여전히 껌을 씹고 있었다.

신기한 건 소미가 고개를 숙이지도 않았다는 것이다. 오히려 당당하게 새롬이를 쳐다보고 있었다.

"아니! 안 봤는데. 그런 적 없어!"

"없다고? 이게 거짓말을 하네. 너! 우리가 같은 반이 아니라고 내가 모를 줄 알지? 나는 각 반마다 소식을 전하는 비둘기가 있어. 그건 몰랐지? 자꾸 네가 석태를 훔쳐본다고 하던데, 아니야?"

"그 비둘기가 누군데? 나는 그런 적 없어."

"이게."

소미의 말이 끝나자 새롬이는 자신의 오른손을 들어 올려 힘껏 내리친다. 내 몸은 본능적으로 움찔거렸다. 그런데 내리치는 새롬이의 손을 소미가 재빠르게 잡는다. 그리고 손을 앞으로 살짝 잡아당겨 새롬의 균형을 비튼 후에 밖으로 크게 밀쳐낸다. 생각지도 못한 소미의 반응에 새롬이는 퇴근 후 벗어놓은 양말처럼 바닥에 널브러진다.

"아~~~야."

바닥에 쓰러진 새롬의 핑크색 속옷이 보인다. 학교에서 먹이사슬 최정점에 선 그녀 자신이 이렇게 길바닥에 자빠질 거라곤 생각 못했을 거다. 평소에 짧고 붙는 치마를 입고 다닌 결과다. 보폭이 좁으니 약간의 반동에도 쉽게 무너지기 마련이다. 수학 시간에 항상 잠만 자던 새롬이 그 사실을 알 리가 없다. 급하게 자신의 손으로 속옷을 가린다. 주변의 아이들도 당황한 기색이다.

갑자기 소미가 재빠르게 도망친다. 하필이면 큰 도로가 있는, 내가 있는 방향으로 달려온다. 대화가 들릴 정도로 가까운 거리라 피할 겨를도 없이 나는 반대편 벽을 향해 고개를 돌린다.

소미의 발소리가 점점 가까이 들린다. 숨까지 참아가며 나의 기척을 숨긴다. 그런데 발소리가 정확히 내 앞에서 멈췄다. 이미 멀리 도망갔으리라 생각하며 곁눈질을 하던 나와 소미의 눈이 정확히 마주친다. 침을 꼴깍 삼키고 나도 모르게 오른손이 올라와 그녀에게 향한다. 마음보다 몸이 이 상황에 대한 변명을 만들고 있었다.

"저기, 나…그게…"

목이 메일 정도로 아주 작은 목소리만 입에서 새어 나온다. 나는 이유도 모른 채 변명을 하려고 애를 쓰고 있었다. 한동안 나를 쳐다보고 소미는 어디론가 다시 뛰기 시작했다.

새롬이 일당과 마주치기 싫은 나도 황급히 그 자리를 떠났다. 뭔가 봐서는 안 될 판도라의 상자를 열어본 찝찝한 기분이다.

집으로 가는 내내 소미의 눈빛이 나를 계속 괴롭혔다. 내 잘못은 아니란 말만 되풀이하고 있다.

나는 평소에 두통을 달고 산다. 무언가에 스트레스를 받게 되면 관자놀이가 심하게 지끈거린다. 날카로운 송곳으로 누군가 관자놀이를 후벼파고 뇌까지 망치로 밀어 넣은 기분이다.

내가 열여덟 살 가을에도 지금처럼 심하게 머리가 아팠던 적이 있었다. 태권도 수업을 받던 중에 갑자기 쓰러졌다. 아버지는 그런 나를 업고서 병원으로 뛰어갔다. 없는 살림에 이런저런 검사를 다 했던 기억이 난다. 아버지와 의사선생님은 내가 듣지 못할 거리에서 이야기를 진지하게 주고받고 있었다.

그 이후 나는 일 년에 한 번은 꼭 병원을 가서 검사를 받게 됐다. 그 이유가 무엇인지는 알려주지 않았다. 다만 시간이 조금 지나고 고등학교 2학년이 끝날 무렵, 지역 태권도 선수권에서 우승을 했던 가장 기쁜 날에 아버지는 내게 이상한 말을 하셨다.

"석태야! 태권도가 좋으니? 죽을 만큼 좋은 거니?"

진지한 아버지의 말에 나는 대답할 수 없었다. 농담이 섞인듯한 대답만 했을 뿐이다.

"아니. 죽기는 싫은데요. 그냥… 언젠간 쓸모가 있을 것 같아서 하는 거죠. 예를 들면, 소중한 누군가를 지킨다거나…"

나는 해맑게 웃었다. 아버지는 그제서야 내게 미소를 지어 주셨다.

"지금은 행복하니?"

"네. 기분이 최고로 좋아요."

"그러면 됐다. 네가 행복하면…"

"아빠! 오늘은 소고기 좀 사주세요. 그동안 체중조절을 하느라 고기를 못 먹었더니 먹고 싶어요."

"그래, 가자!"

♮

다음 날 어제의 일이 흔한 드라마 예고편처럼 오늘 아침부터 새롬 일당이 교실로 들이닥친다. 모세의 기적처럼 책상을 대각선으로 가르며 곧장 소미에게 다가왔다. 새롬과 우식은 소미의 코앞까지 다가왔지만, 비선 실세 곽태권은 교실 문 앞 의자에 여유롭게 앉아 있다. 화가 아주 많이 난 옆집 반려견 뽀삐처럼 새롬은 입술을 씰룩대며 으르렁대고 있었다.

"이소미! 이것도 아주 또라이네. 무슨 생각으로 이렇게 학교에 오셨을까? 너 겁이 없는 애구나? 아니면 멍청한 건가?"

소미는 어제와 똑같이 새롬을 똑바로 쳐다보며 말을 한다.

"내가 왜 학교에 오면 안 되는 거지? 난 잘못한 게 없는데."

자신감이 넘치는 소미의 대답에 새롬이는 참아왔던 화를 참을 수 없었는지 그녀의 오른손이 심하게 꿈틀거렸다. 그러나 어제의 수모를 몸이 먼저 기억하는 것 같았다. 섣불리 행동으로 옮기진 않았다. 하지만 옆에 있던 우식은 달랐다.

"이 미친년이 죽고 싶어?"

우식은 앉아있던 소미의 옷깃을 양손으로 단단히 잡고 들어 올렸다. 치마 속으로 넣었던 교복 상의가 흐트러질 정도의 힘이었다. 소미의 속살이 열어 놓은 창문 밖에서 불어오는 바람에 휜히 드러나 보인다. 이 상황을 지켜보던 주변에선 웅성거림이 더 커지고 있었다.

"이거 놔! 놓지 않으면 후회할 거야. 너."

소미의 말에 어이가 없다는 듯 주변을 한번 둘러보며 코웃음을 친다. 옷깃을 좀 더 거칠게 마구 흔들어대며 소미를 힘들게 괴롭히고 있었다.

"참 시끄럽네. 그 손 놔라."

나는 우식에게 한밤의 라디오 디제이처럼 나지막한 목소리로 한마디 했다. 우식은 나를 쳐다보고 동시에 소미의 옷깃을 내려 놓으며 내동댕이친다. 소미는 그대로 바닥으로 넘어진다. 책상이 미끄러지는 둔탁한 소리가 들린다. 그리고 그는 내 앞으로 거들먹거리며 천천히 다가온다.

"김석태! 네가 뭔데? 네가 애 남친이야? 아니면 뭐… 그렇고 그런 사이? 좋은 거라도 했나 보지?"

비열한 악당의 똘마니 1번처럼 우식은 웃고 있었다.

"그건 네가 알 거 없고, 나는 조용히 있고 싶은데 시끄러워서 집중이 안 되네. 너 못 들었니? 방금 어디선가 개가 왈왈 짖는 소리. 내 귀엔 들리거든."

웃고 있던 우식의 얼굴엔 금세 웃음이 사라지고 미간엔 주름이 셀 수 없이 많이 생긴다.

"뭐라고 이 새끼야."

"쉿! 방금 또 짖는 소리가 들리네. 안 들려? 네가 입을 열 때마다 들리는데."

내 말이 끝나는 순간 주먹이 날라온다. 그 주먹은 너무나 선명했고 나는 가볍게 피하면서 한 걸음 이동하여 그의 무릎을 살짝 즈려 밟는다. 주먹의 가속도와 체중을 지탱하던 하체의 중심이 무너져 그대로 바닥으로 넘어진다. 쓰러진 우식을 보며 나는 물리적인 폭력보다 더 강력한 한마디를 한다.

"어라? 이거 남자의 하체가 이렇게 부실해서야 쓰겠어? 나를 치려고 한 거야? 아니면 바닥의 돈을 주우려 한 거야? 거기 돈이라도 떨어진 건가?"

주저앉은 우식은 폭력보다 무서운 말의 힘을 느꼈을 것이다. 열 대를 맞는 것보다 자존심을 상하게 만드는 한마디 말이 더 치명적이기 때문이다. 그는 흥분한 황소처럼 거칠게 숨을 몰아쉬고 있었다. 급하게 일어난 그는 또 덤빌 기세다. 그런데 누군가 싸움을 한다는 소식이 교무실까지 수많은 비둘기들의 노력으로 전해졌는지 학생부 선생님이 교실로 황급히 들어오셨다.

"야 이놈들아. 뭐 하는 짓이야? 여기가 UFC 옥타곤인 줄 알아? 다들 비켜!"

학생부 선생님은 화가 난 우식과 눈이 먼저 마주치고 그다음 나와 눈이 마주친다. 번갈아 보던 눈동자는 결국 그에게 멈췄다.

"권우식! 또 너냐? 이 난장판을 만든 놈이 또 너야?"

우식은 말이 없었다. 구구절절하게 설명을 해도 어차피 누구의 잘못인지는 중요하지 않다는 걸 그도 잘 알고 있었다.

우리들에겐 각자의 보이지 않는 주홍 글씨가 새겨져 있다. 가정 형편, 공부와 등수, 개인 평판 등 학교 안에서도 인도의 '카스트 제도'처럼 등급이 있었다. 법과는 다른 학교생활에서의 법이 따로 존재하는 것이다.

우식은 가만히 손을 부르르 떨고 있었다. 엄청난 분노를 스스로 주체할 수 없을 때 나오는 일반적인 반응이었다.

"아닙니다. 그냥 힘겨루기 게임을 좀 했어요. 죄송합니다. 정말이에요. 이건 제가 보증할게요."

말이 없는 우식을 대신해 지금까지의 상황을 지켜보던 태권이 뒤에서 유유히 걸어 나와 한마디 했다. 선생님은 모든 걸 알고 있지만, 굳이 태권의 말에 더 이상 이유를 묻지 않았다.

"그래? 자! 그럼 이제 정리하고 다들 자리에 앉아 수업 준비해.”

새롬 일당과 아이들이 하나둘씩 나가고, 나는 주저앉은 소미에게 그제서야 손을 내밀었다. 소미는 그 손을 잡아 주었다. 처음 잡은 그녀의 손은 사막 여우의 가슴 털만큼 부드러웠다. 일어난 그녀의 몸을 살펴보던 중에 아까 넘어지면서 책상에 무릎을 부딪힌 모양이다. 깨끗하고 맑은 피부에는 무릎 보호대만큼 커다란 몽고점 같은 새파란 멍이 금세 들어있었다. 새하얀 와이셔츠에 실수로 김칫국을 흘린 듯 왠지 신경이 쓰였다.

“괜찮아? 무릎이 많이 아파 보이는데.”

“나 약한 아이 아니거든. 고마워.”

“고맙긴 뭘. 시끄러워서 그런 건데. 내 옆에서 싸우는데 가만히 있을 수가 없더라고. 다음부턴 저기 멀리 가서 싸워줄래? 아니다. 그냥 또 이런 일이 생기면 ‘작전타임’이라고 크게 외치고 밖으로 나가서 싸워줘.”

“뭐…?” 소미는 황당한 표정을 지었고 나는 그 표정이 우스워 웃음이 터질 것 같아 고개를 재빨리 창가로 돌려 버렸다.

그렇게 정리가 끝나고 자리에 앉다 보니 복도 창가에서 곽태권이 우릴 지켜보고 있었다. 나와 눈이 마주치자 자신의 엄지를 세워 나에게 보란 듯이 보여주고 있었다. 상당히 기분 나쁜 인간이었다.

이 사건이 있은 후에 소미는 반에서뿐만 아니라 학교 내에서도 인기가 아주 많아졌다. 얼굴도 예쁜데 털털하고 자신감 있던 그녀의 행동이 다들 맘에 들었던 것 같다. 아니면, 그동안 자신들을 괴롭혀 온 새롬 일당이 맘에 안 들었는지도 모른다.

나를 귀찮게 하던 행동들도 예전처럼 횟수가 많지 않았다. 결국 내가 원하던 결과였는데 왠지 모를 공허함이 생겼다.

가끔씩 나는 무의식적으로 소미를 물끄러미 바라본다. 아름답다. 저렇게 아름다운 미소를 그동안 나에게 아무런 대가 없이 계속 주었던 것이구나. 나는 왜 소미에게 계속 화만 냈을까? 그녀를 좋아하는 내 감정을 감추고 싶었던 걸까? 사실 소미는 아무런 잘못이 없었다. 나에게 먼저 호감을 보여준 소미에게, 단지 먼저 감정을 표현해 줬다는 이유로 나는 그녀와의 관계에서 갑질을 하고 있었던 것이다.

그런데 어느 날 수업을 마치고 집으로 가려고 준비하던 내게 소미가 먼저 말을 걸어줬다.

"혹시, 이번 주 금요일 밤에 영화 볼래?"

"금요일 밤에? 왜 밤이지?"

"밤에만 할 수 있는 일들이 있잖아."

소미의 말에 나는 얼굴이 빨개졌다. 순간 부끄러운 상상을 하게 된다. 그 상상을 깨버린 소미의 날카로운 한마디가 들린다.

"바보야. 이상한 상상하지 마. 밤에만 느낄 수 있는 분위기가 있잖아. 넌 여자를 그렇게 모르니?"

그런 부끄러운 상상을 많이 하지는 않았지만, 나는 본능적으로 변명을 하고 있었다.

"웃… 기지 마. 그런 거 아니거든."

"그랬쪄염? 석태 어린이."

마치 선생님이 아이를 어르고 달래듯 나에게 장난까지 치고 있다. 그런데 이상하게 기분이 좋았다. 설마 내가 그녀를 정말 좋아하게 된 걸까? 우린 서로를 한동안 쳐다보며 약속이라도 한 듯 멋쩍게 웃었다.

금요일이 되려면 아직도 이틀이 남아있다. 생각을 하면 할수록 시간은 유난히 더디게 지나갔다. 시간은 멈추지 않는다는 걸 알기에 어느덧 목요일 점심시간이 되었다. 밥을 함께 먹던 소미는 내게 말했다.

"우리 내일 영화는 뭘 보면 좋을까? 너 좋아하는 장르 있어?"

생각이 말이 되기까지 대뇌를 통해 전두엽을 거쳐 신호를 보내면, 혀와 입술을 움직이게 하여 비로소 말이 된다고 한다. 나는 그 단계를 동영상 스킵하듯 빠르게 건너뛴 것처럼 대답이 빠르게 나와버렸다.

"나는 당연히 액션이지."

"액션? 흠… 액션도 좋지만 나는 로맨스가 더 좋은데. 이건 별로야?"

"로맨스는 서로 사귀는 사이나 연인끼리 보는 거 아닌가? 그건 별로인데."

본능적으로 부지불식간에 마음속 진심이 새어 나왔다.

"그럼. 우리 지금부터 사귀자! 그럼 로맨스 당첨! 탕탕탕."

마치 자신이 판사가 된 것처럼 소미는 우리의 관계를 정해버렸다. 너무나 당황스러운 말이었다. 상상조차 해본 적 없는 일이다. 그런데 내 심장은 그녀를 처음 만난 그날처럼 중모리장단에서 휘모리장단으로 미친 듯이 뛰고 있다. 두근거림은 쉽사리 가라앉지 않았다. 난 나 자신을 애써 속이고 있었다. 이상형을 앞에 두고 아닌 척 연기를 하고 있었는지도 모른다.

"진심이야? 넌 내 취향이 아닌데."

"그럼 네 취향은 뭔데? 막 이렇게 크고 빵빵한 글래머? 아니면 작고 오밀조밀한 귀여운 뭐 그런 거? 도대체 뭘까?"

소미는 자신의 신체를 이용해 과장된 몸짓으로 글래머를 표현하고 있었다. 귀여운 걸 표현하기도 했지만, 그건 전혀 귀여워 보이질 않았다. 오히려 우스꽝스러웠고 그런 모습이 사랑스러웠다.

"됐고. 그래. 그거 내가 할게. 네 남자친구."

무심한 듯 받아들인 내게 소미는 이유를 묻지 않았다. 그냥 사랑스러운 웃음으로 모든 상황을 정리해버렸다.

"그럼. 우리 오늘부터 사귀는 거다. 앞으로 넌 나를 집에 항상 바래다주어야 해. 이것도 남자친구의 의무거든."

"뭐? 그런 게 어딨어? 너희 집하고 우리 집은 멀잖아."

소미는 자신의 얼굴을 내 코끝까지 들이밀고 나를 바라본다. 내가 좋아하는 소미의 향긋한 고유의 향이 코끝을 간지럽혔다. 비현실적으로 커다란 두 눈이 조금 더 작아져 일반인의 눈이 될 만큼의 크기가 되자, 내게 다시 말했다.

"너… 혹시 내가 첫 여자친구는 아니지?"

사실 맞다. 정확히 내 명치를 세게 때린 느낌이다. 주변에 들이대는 여자들은 많았지만, 정작 연애다운 연애를 해 본 적은 없었다.

"아닌데, 나 경험이 무수히 많은데, 여자 없이 살아본 적이 없는데."

말도 안 되는 이야기를 어린애처럼 또 떽떽거리면서 말했다. 소미는 그런 나를 보며 피식 웃는다.

"넌 항상 거짓말할 때 오리처럼 떽떽거리더라. 난 지금 네가 한 말이 거짓말이면 좋겠어. 난 너의 첫사랑이자 첫 여자친구가 되고 싶으니까."

대부분 남자들의 첫 여자란 존재는 엄마였다. 나는 엄마 없이 태어난 아이였고, 소미가 그 빈자리를 대신 채워준 거라 생각한다. 그런 의미에서 나는 첫사랑과 비로소 평범한 일반인이 되었다. 더욱이 소미같이 예쁜 여자아이가 나를 먼저 좋아해 준다는 게 싫지는 않았다. 이런 게 사랑이란 건지 미움에서 사랑으로 감정이 바뀌기까지 그리 오랜 시간이 걸리지 않았다. 그것은 사람이 마음먹기 나름이기 때문인 것 같다. '표현을 안 하면 아무도 모른다'라는 말이 떠올랐다. 오래전 어린 왕자에서 본 것처럼 말이다.

♯

금요일은 기분이 좋아서 그런지 시간이 빨리 지나갔고 수업이 모두 끝났다. 소미랑 영화를 보는 날이다.

우리가 사귄다는 사실은 굳이 알리고 싶지 않았다. 금요일이기에 이틀이라는 꿈 같은 휴일이 남아있어 든든한 기분이다. 학교를 떠나 영화관이 있는 핫플레이스로 나왔다. 막상 특별한 것 없는 동네를 벗어나니 기분이 좋아졌다. 소미와 함께라서 더 그런 마음이 생긴 것 같다.

첫 데이트라 나는 옷매무시며 헝클어진 머리카락, 이것저것 많은 것을 신경 쓰고 있었다. 아버지에겐 아침에 미리 이 사실을 알렸었고, 지금까지 늘 해온 것처럼 혼자서 무얼 하든 크게 신경 쓰지 않으셨다. 영화관으로 가는 길에 예쁘고 화려한 가게들이 너무나 많이 있었다. 소미는 가던 길을 멈추고 인형가게 앞에서 발걸음을 멈췄다. 인형가게에는 사랑스러운 모습을 한 크고 작은 인형들이 생명이 깃든 동물처럼 우리에게 손짓을 하고 있었다. 어느새 가까이 다가가 한참을 바라보던 소미는 마치 가게의 아르바이트생처럼 내게 말을 했다.

"이것 좀 봐! 너무 귀엽고 이쁘지 않아? 어쩜 이리 이쁜 걸까?"

내가 봐도 사랑스러웠다.

"응… 귀엽네. 너 인형 좋아해?"

"당연하지. 이걸 보고 어떻게 안 좋아할 수 있어?"

소미는 내게 말을 하자마자 고양이 인형을 들어 올려 몽실몽실한 꼬리에 붙어있던 가격표를 확인한다. 그 순간 곁눈질로 본 나는 인형이 비싸다는 걸 그때 처음 알았다. 19,800원. 저 작은 인형이 내 이틀 치 용돈과 같았다. 다시 인형을 내려놓은 뒤에 내 겨드랑이 깊숙이 소미의 팔이 뱀처럼 들어와 나를 감싸고 있다. 그리고 다시 우리가 가던 길의 방향으로 내 몸을 이끌었다.

영화관에 도착한 우리는 결국 소미가 원하는 대로 로맨스 영화를 예매하게 된다. 주말이 시작되기 전날이라 그런지 영화관 입구는 영화를 보기 위해 찾아온 사람들로 북적거렸다. 뛰어노는 아이들을 말리는 부모들의 모습은 범인을 쫓는 형사처럼 최선을 다하고 있었고, 서로가 조금이라도 떨어지면 죽어버리는 병에 걸린 것처럼 연인들은 서로의 몸을 맞대어 의지하고 있었다. 우리는 간식으로 영화를 보며 배를 채울지 아니면 영화가 끝나고 밥을 먹을지 행복한 고민을 하고 있었다. 그때 소미는 기습적으로 내게 질문을 던졌다.

"너 혹시 용돈 받아?"

"어? 어… 용돈 받지. 왜?"

"얼마나 받는데? 영화는 내가 예매를 했지만, 밥은 네가 사는 게 맞는 거 같은데? 돈은 있어?"

"그럼 당연히 있지."

미국 아이오와주에 광활한 프레리 대평원에서 막 따온 옥수수를 튀긴 것처럼 고소한 팝콘 향이 소미를 금세 자극해 버린 것 같다.

"오예. 그럼 나 팝콘 먹어도 되는 거야?"

마치 어린이날 아이가 아빠 찬스로 장난감을 살 때처럼 해맑게 웃으며 즐거워하고 있었다.

아침에 아버지께 친구와 영화를 본다고 말하자 아버지는 아무 말 없이 내게 5만 원을 내어주셨다. 내가 남자랑 영화를 보는지 여자랑 보는지조차 묻지를 않으셨다. 그 돈은 영화와 밥값을 생각하면 학생에겐 충분한 금액이었다. 자신감 있는 말투로 나는 말했다.

"먹고 싶은 거 다 사! 막 사!"

덩달아 나도 흥분을 했던 것 같다. 웃고 있던 소미는 갑자기 웃음을 멈추고 말했다.

"야! 김석태. 너 허세 부리니? 나 생각보다 대식가야. 그런 말 함부로 하는 거 아니다."

남자로서 자존심이 무척 상했다.

"팝콘이 뭐 얼마나 한다고, 나 능력 되거든."

그런데 말을 내뱉고 정신을 차려 메뉴판을 다시 자세히 보니 팝콘 가격만 유독 저렴했다. 다른 음식들은 비교적 높은 가격인 걸 알고 식은땀이 막 흐르기 시작했다. 나는 재빨리 말을 지어내기 시작했다.

"저기. 나는 밥 먹고 싶은데, 지금 간단히 먹고 영화 끝나고 밥 먹는 건 어때? 한국인은 밥심이지."

능청스럽게 이야기를 둘러대며 말을 하는 나에게 눈치 빠른 소미는 흔쾌히 그러자고 했다. 다행이다. 다음부터는 조심해야겠다는 다짐을 스스로 하게 된다.

대부분의 로맨스 영화가 그렇듯이 난 싱거운 미역국을 마신 기분이었다. 그런데 소미의 눈망울에는 눈물이 글썽거렸다. 데이트를 위해 유독 신경 썼던 눈 화장에는 비가 내린 도랑처럼 흐릿하게 흔적이 남아있었다.

"너 설마… 울었니?"

소미는 자신의 입술을 모아 입김을 호호 위로 불어 눈물을 말리는 행동을 하고 손으로 수업 시간에 배운 풍력의 원리로 더 부채질했다.

"너는 이게 안 슬퍼? 말도 안 돼."

"글쎄. 나는 안구건조증인가… 눈물이 안 나네."

어이없다는 표정으로 소미는 내 손을 잡고 어디론가 또다시 이끌었다.

건물 밖을 나오니 하늘이 영화관 실내만큼 어둑어둑해져 있었고, 한낮의 포근했던 봄 날씨는 밤이 되자 제법 쌀쌀한 느낌이었다. 우리를 둘러싼 화려한 밤거리의 풍경은 소미의 눈동자만큼 눈부시게 빛나고 있었다. 배 속에선 꼬르륵 소리가 들렸다.

"저녁은 뭐 먹을래? 뭐 좋아하는데?"

여자들은 리더십 있는 남자를 좋아한다는 내용을 언젠가 읽었던 책에서 본 기억이 난다. 무얼 할 건지 상대방에게 먼저 물어보면서도 이미 차선책은 준비가 돼있어야 한다는 글이었다.

나는 배운 그대로 물어봤다. 살짝 고민을 하는 소미를 보고 다음 대사를 이어간다.

"특별히 없으면 분식은 어때? 아니면 라면은?"

너무 눈에 보이는 저렴한 음식들만 얘기해서인지, 소미는 내 말을 귀담아듣고 있지 않아 보인다. 오히려 골똘히 생각에 잠겨 있는 모습이었다.

"나 결정했어. 파스타 먹을래. 파스타! 파스타!"

당황스러웠다. 아주 노래를 부르고 방방 뛰고 있었다.

"그거 비싸기만 하고 맛도 없던데 나는…"

"그럼 너는 마늘빵이나 먹든가. 오예. 나는 파스타를 꼭 먹어야겠어. 오늘이 우리 첫 데이트라고 바보야."

혼자만 신이 났다. 아주 매우 상당히 많이….

"나는 밥이 먹고 싶은데."

"거기 리조또 있는데 그것도 밥 요리야."

나는 재빠르게 말을 돌렸다.

"이 근처에 파스타 집이 있었나?"

고개를 두리번거리는 행동을 한다. 소미는 미리 준비된 영화 대사처럼 곧바로 받아치며 내게 말했다.

"그럴 줄 알고 아까 화장실 갔을 때 미리 검색을 해봤지롱. 가자. 레츠 고!"

의외로 치밀한 아이였다. 소미에 대한 새로운 사실을 알았다. 메모!

5분이 지나고 어느새 나는 이태리 레스토랑에 앉아 웨이터처럼 포크를 세팅하고 있었다. 가게 안에는 군데군데 연인으로 보이는 남녀가 은근히 많이 있었다. 대부분 성인들이었고, 교복을 입고 있는 남녀는 우리가 유일했다.

화려한 메뉴판에서 음식이 맛이 있든 없든 상관없이, 나는 제일 초라하고 저렴한 리조또를 주문했고 소미는 '스페셜'이라고 적혀 있는 거창한 파스타를 주문했다. 쉴 새 없이 눈동자가 돌아가면서 문과인 나는 수학적인 계산을 빠르게 하고 있었다.

결국 3만 원 정도의 가격에 맞추어 우리는 저녁을 먹을 수 있었다. 소미는 음식을 먹는 내내 이것저것 나를 챙겨주었다. 입가에 묻은 밥풀도 떼어주고 피클도 챙겨주었고, 자신이 먹던 파스타를 돌돌 말아 내 입에 넣어주기도 했다. 먹이를 물어다가 아기 새에게 먹여주는 어미 새처럼 말이다.

식사가 끝이 날 무렵 이곳에 오길 잘했다는 생각이 문득 들었다. 지갑도 없이 주머니에 무심하게 넣어둔 꾸깃꾸깃한 돈을 꺼내어 직원에게 건네주자, 직원은 종이학처럼 접힌 돈을 힘겹게 펼쳐내어 계산을 해주었다. 그리고 우리는 밖으로 나왔다.

"우리 소화도 시킬 겸 집까지 걸을까?"

소미가 내게 말했고, 나는 짧게 대답했다.

"그래."

집으로 가는 방향으로 한동안 말없이 걷기만 했다.

시끄러운 핫플레이스를 살짝 벗어난 곳엔 가로등이 하나 있었고, 운이 좋게도 널찍한 벤치도 준비해놓은 것처럼 놓여 있었다. 잠시 앉아서 이야기를 하기로 했고, 아까 본 영화의 한 장면을 우리는 현실에서 만들어 가고 있었다. 그윽한 가로등 불빛 때문인지 분위기는 무르익어갔다. 서로 대화는 없었고, 미세한 잡음 소리가 들릴 만큼 고요한 상태였다. 그만큼 서로 긴장한 듯 보였다. 이 어색한 침묵을 먼저 깬 건 소미였다.

"오늘 영화도 재밌었고 파스타도 맛있었고, 첫 데이트인데 나 상당히 기분이 좋아. 행복해. 고마워."

값비싼 스페셜 파스타를 먹어서 그런지 그새 살이 포동포동 오른 것처럼 보기에도 행복해 보이는 모습이었다.

"나도 좋았어."

왠지 부끄러웠다. 이런 감정이 지금까지 19년을 살아오면서 단 한 번도 없었기 때문이다.

"우리 사귀는 건 비밀로 할 거지?"

소미가 내게 물었다.

"어? 그게 아무래도 좋을 것 같지? 괜히 다른 문제가 생길 수 있으니까. 어차피 성인이 되기까지 8개월 정도 남았는데 그때 보란 듯이 세상에 공개하지 뭐."

나는 성인이 되면 당장 결혼식이라도 올리는 사람처럼 말을 해버렸다.

"그럼 우리 서로 비밀 암호를 만들자."

내가 한 대답이 백마 탄 왕자처럼 자신을 지켜주리라는 생각이 들었는지 소미는 들떠서 말했다.

"비밀 암호? 어떻게?"

"내가 아랫입술을 살짝 깨물면 절대로 아무 말도 하지 않는 거야. 어떠한 상황에서도 함구하기로, 석태. 너는 가만히 있고 꼭 내 편이 돼주기로 말이야."

"뭐 그런 일이 있을진 모르겠지만, 절대 너를 힘들게 하거나 곤란하게 만드는 말과 행동들은 안 할 거야. 알았어. 약속할게."

그리고 그날 소미를 혼자 두고 자리를 비운 것이 나의 가장 큰 실수였다.

다시 벤치로 돌아온 내 앞에 소미는 바닥에 쓰러져 괴한의 공격을 받고 있었다.

얼마 후, 요란한 경적을 울리며 구급차가 왔고 차에서 내린 구급 대원들이 분주하게 움직였다. 내 품에 안겨있던 소미를 들어 운반 매트에 올려놓았다. 구급 대원 중 한 명은 붉게 물들어 버린 소미의 얼굴을 닦아 내어 휴대용 산소 호흡기를 입안에 물려주었다.

"학생. 이 여학생이랑 관계가 어떻게 돼?"

"저…는 남자… 친구입니다."

"그럼. 일단 차에 올라타."

황급히 구급차에 올라타고 소미만 바라보았다. 구급 대원은 서둘러 얼굴에 난 상처에 지혈을 하고 있었다. 정신없이 무언갈 얼굴에 바르고 붕대를 붙이고 있었다. 소미는 여전히 의식이 없었고 병원으로 가는 동안 구급 대원은 심장박동을 계속 체크하고 있었다. 아까 본 슬픈 로맨스 영화에서나 봤던 심전도 모니터의 그래프는 조급한 내 마음과는 반대로 띄엄띄엄 흘러가고 있었다. 다행히 심장은 미세하게나마 뛰고 있었고, 불안해하는 나에게 구급 대원은 '소미가 살아있다'는 말을 하며 진정시켜 주었다. 그제서야 심장의 템포는 서서히 안정을 찾아가고 있었다.

가끔씩 덜컹거리는 구급차 때문에 떨어져 버린 소미의 손을 잡아 주었다. 태어나 처음 타본 구급차 안은 작은 병원을 옮겨 놓은 듯한 느낌이었고, 진한 박하 향과 비슷한 소염진통제의 냄새 때문인지 음산한 기분이 들어 정신을 더 혼미하게 만들었다. 밤이라 비교적 한산했던 교통상황 덕분인지 병원에 빠르게 도착할 수 있었다. 곧바로 소미는 응급실로 들어가고 나는 의자에 홀로 앉아 있게 됐다.

얼마 후, 간호사로 보이는 여성분이 내게 다가와 관계를 묻고 소미 부모님의 연락처를 알고 있냐고 물었다. 하지만 나는 아무런 대답을 할 수 없었다. 소미에 대해 아는 게 전혀 없었기 때문이다. 지금까지 왜 그걸 몰랐을까? 스스로를 절벽으로 몰아세우고 있었다.

늦은 밤 미안한 마음으로 학교 담임선생님께 전화를 하고, 얼마 후, 선생님은 병원으로 급하게 오셨다. 잠을 청하려고 했는지 선생님은 잠옷 같이 늘어난 운동복을 입고 계셨다. 의사분과 선생님은 이야기를 주고받았고 선생님은 내게 다가와 말씀하셨다.

"석태야. 소미 부모님한테는 내가 연락을 했고, 여긴 내가 마무리할 테니 너는 그만 돌아가. 너 많이 힘들어 보인다. 택시 타고 먼저 가렴."

선생님은 내게 택시비를 챙겨 주셨다. 하지만 나는 발이 좀처럼 움직이지 않았다. 그렇다고 내가 여기에 있다 한들 아무런 도움이 되질 않았기에 내일 다시 오기로 하고 집으로 일단 돌아갔다. 집으로 들어가니 아버지가 거실에 앉아 계셨다. 늦은 밤까지 안 오는 나를 걱정하셨던 것 같다. 피로 물든 내 모습을 보고 놀라며 황급히 다가오셨다.

"석태야. 너 왜 이래? 무슨 일이야?"

아버지의 질문에 나는 대답하지 못했다. 그냥 하염없이 울고만 있었다. 아버지는 나를 차분히 안아주며 말씀하셨다.

"일단 씻자. 씻고 얘기하자."

아버지는 내 옷을 벗겨주었고 나는 욕실로 들어가 피로 물든 몸을 씻어냈다. 아직도 눈물은 샤워기에서 나오는 물줄기와 섞여 같은 방향으로 흘러내리고 있었다. 밖으로 나온 내게 수건을 가져다주시며 아버지는 물으셨다.

"이제 진정이 좀 된 거니? 도대체 무슨 일이야?"

"소미가… 많이 다쳤어요."

"소미? 그 애가 누군데?"

"여자친구요."

"여자친구? 여자친구가 있었어? 뭐 어쨌든. 그래서 병원은 간 거야?"

나는 아버지께 모든 상황에 대해 설명을 드렸다. 그런 나에게 아버지는 일단 잠을 좀 자라고 말씀하셨다. 하지만 나는 잠을 잘 수가 없었다.

그렇게 밤을 지새우고 토요일이 되었다. 너무나 많은 눈물을 흘려서인지 내 두 눈은 아직도 퉁퉁 부어 있었다. 아버지는 아침 일찍 내 방문을 조용히 열었다. 내가 벽에 기대어 앉아 있는 모습을 보고는 들어와 말씀하셨다.

"석태야. 잠은 잔 거니? 아니면 일찍 일어난 거니?"

"일찍 일어났어요."

아버지가 걱정할 것 같아서 나는 거짓말을 했다.

"아버지. 저는 괜찮으니 어서 도장으로 출근하세요. 회원들이 기다려요."

"이놈아. 내가 이런 너를 두고 일이 손에 잡히겠니? 오늘은 쉬기로 했다."

"아니에요, 아버지. 그러지 마세요. 이건 제 일이고 저는 괜찮아요. 빨리 출근하시고, 저 오늘은 병원에서 시간을 보낼 거예요. 그것만 허락해 주세요. 그래도 되죠?"

아버지는 고개를 끄덕이고 내 머리를 쓰다듬어 주신 후에 밖으로 나가셨다. 나는 병원에 전화를 하여 면회가 몇 시부터 가능한지를 물었다. 그리고 준비를 한 후에 병원으로 서둘러 갔다.

병원에 도착해서 병실로 들어갔다. 그곳에는 소미의 아버지로 보이는 인상 좋은 남자가 한 명 있었다. 나는 조용히 들어가 인사를 했다.

"안녕하세요. 저는 소미 남자친구 김석태라고 합니다."

아저씨는 나를 가만히 지켜보더니 한마디 했다.

"네가 어제 소미를 병원으로 데려다준 아이구나? 고맙다. 지금 소미는 자고 있어."

병상에 누워있는 소미를 보았다. 얼굴 전체에 붕대를 감고 있었다. 눈과 코와 입만 보였다.

"제가 여기에 계속 있어도 될까요? 아저씨는 식사라도 하고 오세요. 자리는 제가 지키고 있을게요."

아저씨는 잠시 고민을 하더니 자신의 지갑에서 명함을 한 장 꺼내주셨다.

"이건 내 명함이다. 혹시라도 무슨 일이 있거나 소미가 나를 찾으면 바로 연락 좀 주거라."

"네. 걱정 마세요."

마지못해 부탁한다는 말을 남긴 채 아저씨는 밖으로 나가셨다.

잠들어 있는 소미를 나는 계속 바라보고 있었다. 그녀의 손톱 끝에는 어제 흘린 핏자국이 봉숭아 물을 들인 것처럼 미세하게 남아있었다. 나는 그 손을 잡고 내 얼굴에 품어 주었다.

오늘은 유난히도 날씨가 좋은 날이다. 창밖에는 구름 한 점 없이 푸른 하늘이 보였다. 지금 내 마음은 심한 먹구름이었지만, 가끔씩 지나가는 작은 꽃술 같은 송이구름은 파란 하늘에서 물장구를 치고 있는 것 같았다. 이런 날에 소미와 함께 꽃구경을 했다면 얼마나 좋았을까? 가만히 아무 말 없이 하늘만 바라보았다. 몇 시간이 지난 후에 소미가 조용한 말투로 내 이름을 불러주었다.

"왜… 여기에… 있어?"

힘겹게 내뱉는 소미의 한마디에 갑자기 눈물이 또 왈칵 흘러내렸다. 슬픔에 차오른 감정의 헛구역질을 애써 참아가며 말했다.

"어… 네가 걱정이 돼… 서… 그냥…"

칭칭 감긴 붕대 사이로 눈동자만 보였다. 내 감정을 읽어낸 듯 그녀도 눈물을 흘린 것처럼 눈동자가 촉촉해 보였다. 눈 주변 하얀 붕대는 눈물 때문인지 회색과 비슷한 색으로 물들어 가고 있었다.

"아무 말도 하지 마. 그냥… 좀 더 자. 잠을 자야 회복이 더 빠르대. 걱정하지 마. 난 여기 계속 있을 거야. 네가 눈을 뜨면 항상 내가 너를 반겨줄 거야."

어떠한 말로도 위로가 되지 않는다는 걸 나는 잘 알고 있었다. 단지 지금 자신이 혼자가 아니란 걸 알려주고 싶었을 뿐이다. 그렇게 나는 병원에서 소미와 하루를 꼬박 지새우게 됐다.

일요일 아침. 간이침대에서 쪽잠을 자고 일어나 소미 곁을 하루 종일 지켰다. 종교가 없던 나는 처음으로 내 영혼을 담보로 소미의 회복을 위한 기도를 드렸다. 일요일엔 신도 내 이야길 더 잘 들어 주실 거라 생각했다.

월요일이 돼서야 나는 학교에 갔다. 수업이 끝나면 매일같이 병원으로 갔었고, 소미의 손과 발이 되어주었다. 내 간절한 기도가 이루어진 건지 소미는 상태가 더디지만 점점 좋아졌다.

그렇게 좀 더 많은 시간이 흐르고 소미가 다시 학교에 나오게 됐다.

♯

힘들고 오래 버텨온 시간만큼 계절은 따스한 봄에서 어느덧 여름이 돼버렸다. 선생님은 반 친구들에게 적당한 이유를 말하고 소미에 대한 배려를 당부하셨다. 새롬이 일행들도 특별히 소미를 괴롭히거나 문제를 만들진 않았다.

그런데 차츰 심한 상처로 변해버린 그녀의 얼굴을 보곤 다들 멀리하는 눈치였다. 그런 모습을 옆에서 지켜보는 내 마음은 너무나 아팠다. 지켜보는 나의 감정이 이렇게 아픈데, 그 아픔을 간직한 채 평생을 살아야 하는 소미의 마음은 얼마나 더 찢어지게 아플지 지금 나는 상상조차 할 수 없다.

눈부시게 아름답던 그녀의 얼굴은 심한 상처로 한순간에 아이들에게 거부감을 심어 주게 됐다. 보이지 않는 투명한 유리방에 갇혀 있을 소미를 나는 지켜주고 싶었다. 아름다움에 매료되어 주변을 맴돌던 아이들조차 결국 하나둘 떠나버렸다. 그렇게 좌절감과 상실감에 빠져버린 소미는 점점 우울증을 앓게 된 것 같다. 웃음이 끊이지 않았던 밝은 아이였지만 이 상황을 견딜 수 없었나 보다. 그녀도 결국 상처를 받는 연약한 열아홉 살의 소녀였다.

소미는 학교가 끝나도 나와 만나기를 조금씩 꺼려했고, 어느 날부터는 나에게조차 말도 없이 학교에 나오질 않았다. 매일같이 연락을 해봐도 답변이 없었다. 집을 알지 못하는 나는 계속 기다리기만 할 뿐이었다.

소미가 너무나 보고 싶던 어느 날 교무실로 찾아가 담임선생님에게 소미의 집 주소를 알려달라고 말했다. 그런데 선생님은 아무에게도 절대 말하지 말라는 소미의 간곡한 부탁으로 절대 알려줄 수 없다고 거절하셨다.

며칠이 지난 어느 날 아침 선생님이 아이들이 모인 교실에서 소미에 대한 공개적인 소식을 전해줬다.

"아침부터 안 좋은 소식을 전해야 할 것 같은데 여러분의 친구인 소미가 개인적인 사정상 학교를 안 나오게 됐어요. 그러니 참고하길 바란다."

나는 무척 놀랐다. 내게 아무런 말도 없이 소미는 어디론가 사라졌다. 그때 자리를 비우고 사라진 내가 미웠던 걸까? 곁에 함께 있었다면 그런 사건이 일어나지도 않았을 테니, 그래서 내게 말도 없이 떠난 걸까? 미치도록 가슴이 아팠다. 그 이후 그녀를 영영 볼 수가 없었다. 내가 알고 있던 소미의 연락처도, 없는 번호가 돼버렸다.

♮

정신 나간 좀비처럼 하루하루를 무기력하게 보내던 어느 날, 편지 한 통이 집으로 오게 된다. 내 이름으로 수취인만 표시된 우표도 없는 편지였다. 요즘 같은 세상에 편지라니 공과금 통지서조차 이메일이나 핸드폰 앱을 사용하는데, 정말 받아 본 지가 언제인지도 모를 만큼 오랜만의 편지였다. 소미와 연애를 하면서 소미가 나에게 편지를 쓴 적은 한번도 없었다. 누군가 직접 가져다 놓은 듯해 보였다.

편지를 열어보니 그 안에는 딱 한 문장이 이름과 함께 적혀 있었다. '나를 찾지 마. 이소미' 너무나 간결한 문장에 이 편지가 정말 소미가 보낸 편지인지 의심이 들었다. 글씨체를 봐서 다른 듯 같아 보이는 짧은 글로는 진실을 알 수가 없었고, 모든 삶의 의욕이 한순간에 수증기처럼 사라져 버렸다. 지금 당장 고3인 내게 그렇게 중요했던 대학 입시도 내 인생에 중요한 일이 아니게 돼버렸다.

시간은 흐르고 흘러 수능 전날이 되었다. 나는 다 아는 문제도 일부러 틀려가며 성적을 조작하고 있었다. 아니, 풀고 싶지 않았다. 목적지도 없는 방랑자 같은 인생을 살고 있었기 때문이다. 나는 또래의 아이들보다 성숙한 인간이라 생각했는데 아닌 것 같았다. 나약한 인간이었다.

명문대를 가야만 성공을 할 수 있는 나라가 대한민국이다. 좋은 대학을 나와 좋은 회사를 가고 좋은 학벌은 승진을 위한 밑거름이 된다. 세상을 변화시킬 사람이 아니라면 적당히 능력 있는 사람은 아무런 도움이 되질 않는다. 적어도 대한민국에선 말이다. 고등학교 때까지 정해진 패턴대로 선행학습을 하고 사교육을 받으며 좋은 대학을 가기 위한 주입식 공부를 한다. 길고 긴 인생에서 학창 시절 몇 년의 투자는 자신의 풍족한 삶을 보장한다. '개천에서 용난다'라는 말은 이미 사라진지 오래다. 그당시 영원히 끝나지 않을 것만 같았던 우리의 학창 시절은 인생그래프로 보면 아주 짧은 시간이었다. 오히려 교복을 벗어던지고 나온 세상은 너무나 힘든 곳임을 나중에 알게 된다.

소미가 사라진 이후로 나는 이런 모든 것들을 위해 아무것도준비하지 않았다. 굳이 하는 거라곤 무료로 할 수 있는 동네 태권도 동호회에 들어간 것이다. 무료이다 보니 머리가 희끗희끗한 동네 어르신들이 대부분이었다. 과연 저분들이 태권도를 할수 있을까라는 의문이 들 정도였다.

우연히 만난 옆집 석호네 할아버지는 나와 겨루기를 했는데,공격할 때 표정은 전국체전 결승전만큼이나 신중한 자세로 임한다. 석호 할아버지는 항상 엄청난 하이킥을 나에게 시도하는데, 날아오는 발차기는 언제나 싱거운 로우킥이었다. 물론 로우킥은 상당히 무서운 기술이다. 자칫 방심을 했다가는 결국 그대로 무너지게 된다. 그렇다고 힘없는 노인들을 상대로 최선을 다한다는 것도 우스운 이야기다. 대부분 나는 알면서도 날아오는그분들의 발차기를 의도적으로 맞아주는 전용 샌드백이 되었다. 그래서 운동을 마치고 집에 가면 무릎과 정강이가 쓰리도록아프곤 했다. 석호네 할아버지에게 성취감을 드리고 싶었는지도 모르겠다. 아니면 나 스스로 고통받길 원한 건지도 모른다.

그렇게 서울에 있는 어중간한 전문 대학을 가게 된다. 대학에 가고 싶지도 않았지만, 아버지의 강력한 권유로 집안 형편을 고려해서 최대한 등록금이 저렴한 곳으로 갔다. 오로지 먹고살기 위한 이력서 한 줄을 만들기 위해서였다. 그리고 차마 아버지께는 지금 내가 겪고 있는 아픔을 나눠주고 싶지 않았다.

지금은 쓰임새가 없지만 과거에 주판이라는 것이 있었다고 한다. 주판은 전자식 계산기가 보급되기 전까지 많이 쓰이던 물건이었다. 대부분의 사람들이 주판을 사용하곤 했다. 더 놀라운 건 사용법을 가르치는 학원까지 있었다는 것이다. 쓰임새가 많기로는 타자기도 마찬가지였다. 컴퓨터가 보급되기 전까지 많은 회사에서 쓰이던 물건이었다. 타이피스트라는 직업도 존재할 만큼 나름 각광 받는 직업이었다. 하지만 지금은 모두 사라져버렸다. 그래서 혹시 몰라 내 전공은 IT로 정했다. 언젠간 쓸모가 있을 거라 판단했다.

나 자신을 괴롭히고 싶어서였을까? 영장이 나오기도 전에 해병대에 자원입대를 하게 됐다. 아무런 생각 없이 규칙적인 생활을 할 수 있는 군대는 나에게 적잖은 안도감을 채워주었다. 모든 것에 누구보다 열심히 최선을 다했다. 그런 내 모습을 보고 군대 간부들은 직업군인을 권하였다. 하지만 나는 그럴만한 자격을 갖춘 사람이 아님을 잘 알고 있었다. 군대 동기들은 눈앞이 캄캄하다며 시간이 가질 않는다고 투덜댔다. 그에 반해 내 시간은 남들보다 빠르게 흘러간 듯 보였다.

제대를 하고 집으로 돌아왔던 날에 아버지는 집에 없었다. 보통 제대하는 당일 이른 아침부터 멋지게 군복을 차려입고 집으로 돌아가게 된다.

아버지가 집에 없었던 이유는 제대하는 날을 일부러 알려주지 않았기 때문이다. 만약 내가 얘기를 했다면 아버지는 체육관을 닫고 나를 기다렸을 게 뻔하다. 나는 그게 싫었다.

늦은 밤 집으로 돌아오신 아버지는 나를 보고 깜짝 놀라셨다. 화를 내는 듯 보였지만, 사실은 자식이 제대하는 그날만큼은 꼭 챙기고 싶은 마음이 컸기에 하신 말씀인 걸 누구보다 잘 알고 있다.

나는 복학을 해서 학업을 마치고 사회로 나오게 됐다. 좋은 대학을 못 간 나는 이곳저곳을 거쳐 다양한 경험을 쌓고, 아버지의 부담을 덜어주기 위해 중소기업에 들어갔다. 그렇게 나는 평범한 '중소 인간'이 되었다.

♯

옛 생각에 빠져 걷다 보니 어느덧 회사 앞에 도착했다. 내가 이곳 회사에 온 지는 벌써 5년이 조금 넘었다. 이곳은 모 대기업의 업무를 대신해주는 CS 아웃소싱 업체였다. 나는 이곳에서 하루 종일 정해진 시간 동안 전화상담과 온라인 게시판 고객 응대를 하고 있다. 닭장에 갇힌 닭처럼 200여 명의 사람들이 똑같은 일을 동시에 반복하고 있다. 전화를 걸어온 상대가 누구냐에 따라 그 업무의 과중도와 스트레스는 약간씩 다를 수 있겠지만, 결국 하는 일은 거기서 거기다. 어떻게 보면 제일 밑바닥의 인생들이다.

사실 이곳에서 직급은 아무런 쓸모가 없는 편이지만 나는 과장이라는 직급을 달고 있다. 5년이 지나면 달아주는 의미 없는 직급이다. 단지 누군가는 책임을 떠안아야 하기 때문에 그 총대를 짊어질 희생 닭일 뿐이다. 주문이 들어오면 제일 먼저 프라이드치킨이 되어 목이 떨어져 나갈 그런 존재다.

그런데 이런 밑바닥인 곳에서도 파벌과 권력, 정치싸움이 존재한다. 더욱이 우리 부서 팀장은 아주 영악한 인물이다. 학창 시절부터 존재하던 정새롬, 권우식, 곽태권 같은 인간들이 사회 어디에서든 이렇게 바퀴벌레처럼 존재한다.

그동안 나와 3년을 같이 일을 해왔던 황 대리는 팀장의 계략으로 가장 먼저 목이 잘리게 된 희생 닭 1호였다.

팀장은 자신의 권력을 키우기 위해 조금은 부족하지만 성실했던 황 대리를 의도적으로 자르게 된다. 평소에도 실수를 종종 해오던 황 대리였지만, 그날따라 유독 가벼운 실수를 크게 문제 삼게 된다. 보통 실수를 연이어 했다고 해도 시말서를 한 번에 몰아서 쓰는데, 그걸 굳이 두 개로 나누어 쓰게 했고 힘들게 썼던 시말서를 다섯 번이나 반려 처리를 해버렸다. 거기서 업무적인 부담감까지 더욱 강하게 주다 보니 겁쟁이 황 대리는 결국 회사를 도망치듯 떠나 버렸다. 가장 바쁘던 시기에 나와 나눠서 하던 많은 일들은 고스란히 나에게 전부 몰리게 된다. 내가 아무리 멀티 능력이 가능하다고 해도 두 명이 할 일을 감당하기엔 무리가 있었다. 나는 곧장 팀장에게 후임자를 요청했다.

"팀장님! 지금 일이 너무 많아서 제가 혼자 하기 힘듭니다. 후임자는 언제 뽑으실 건가요?"

"어, 김 과장. 후임자는 뽑아 놨어. 아마 한 달 뒤에 올 것 같아."

"네? 한 달이라고요? 아니 지금 이렇게 바쁜데 한 달을 어떻게 기다리나요?"

"어쩔 수 없잖아. 조금만 더 고생해."

"굳이 한 달 뒤에 올 후임자를 왜 뽑으신 거죠? 어려운 일도 아닌데 그냥 빠르게 일할 사람을 구하시는 게 좋을 것 같은데요."

"뭐? 그건 내가 결정하는 거야. 지금 이렇게 따질 시간에 밀린 일이나 빨리하지 그래."

일개 조무래기 과장인 내가 똑같은 계급장이라면 모를까 여기서 더 말을 해봐야 결과는 이미 정해진 싸움이었다. 나는 그냥 받아들였다.

다시 자리에 와서 앉자마자 어김없이 전화벨이 울린다. 힘없이 수화기를 들었다. 마치 앵무새처럼 똑같은 말을 매뉴얼대로 내뱉고 있다.

"정성을 다하겠습니다. 무엇을 도와드릴까요?"

"네 사다리차예요."

"네. 그래서요."

"아… 아니세요?"

"네. 지금 회사 안입니다."

"네? 아…"

"누구시죠?"

"사다리인데요."

"아… 그러시군요."

"아… 제가 잘못 걸었나 보네요."

"네. 그렇군요."

심란한 분위기에 이상한 전화가 걸려왔다. 정성을 다하겠다는 말이 무색하게 나는 무기력하게 대충 응대를 해버렸다. 전화를 내려놓자 곧바로 전화벨이 또 울린다.

"정성을 다하겠습니다. 무엇을 도와드릴까요?"

"저기요. 물건이 안 오는데 뭡니까?"

상당히 신경질적인 여자의 목소리다. 동시에 무언가 시끄러운 소리가 수화기 너머로 들려온다.

"물건이라니 어떤 걸 말씀하시는 거죠?"

"다섯 개 주문했잖아요. 참말로."

"다섯 개요? 정확히 어떤 걸 말씀하시는 거죠?"

"거기 미미네 가발쇼핑 아니에요? 큰 거 세 개 앞머리 두 개요."

"큰 거. 앞머리… 아뇨. 잘 모르겠지만, 확실한 건 여긴 가발쇼핑몰은 아닙니다. 잘못 거신 것 같네요."

전화가 끊기고 나는 의문점이 생겼다. 그녀는 왜 가발을 다섯 개나 샀으며, 큰 거 세 개와 앞머리는 무엇인가? 앞머리는 앞에만 붙이는 부분 가발이 맞는 것일까? 주변에서 들리던 흥겨운 소리로 봤을 때, 그녀는 특별한 일을 하고 있다는 느낌이 들었다. 아니면… 미용사? 오늘이 할로윈데이였던가? 풀리지 않는 수수께끼다. 오늘따라 이상한 전화가 많이 걸려온다.

시계를 바라본다. 점심시간이 되려면 아직도 2시간이 넘게 남았다. 특별히 허기짐으로 배를 채우기 위한 기다림은 아니었지만, 이 심란한 기분을 빨리 떨쳐내고 싶었다.

과거 힘든 시기에 나는 군대에서 담배를 배웠다. 내가 담배를 피우게 된 것은 군대라는 특수한 환경 때문이었다. 군대가 아무리 좋아졌다고 한들 혼자가 아닌 조직과 그룹으로 모인 관계에는 불평등이 항상 존재한다. 힘들면 힘든 대로 편하면 편한 대로 그 방식에서 또 다른 괴롭힘이 존재한다. 마치 지금 내가 몸담고 있는 회사처럼 말이다. 그래서 스트레스를 받을 때면 담배를 피우러 밖으로 나간다. 그렇게 십여 분 휴식을 취한 후에 다시 사무실로 들어왔다.

내가 속한 팀에는 여자 세 명과 팀장을 포함해서 나와 남자 직원 세 명까지 총 여덟 명이 있다. 남자들은 기술적인 업무와 잡다한 힘든 일을 도맡아 하고 고객 응대까지 하고 있다. 그렇다고 돈을 더 받는 것도 아니다. 어떻게 보면 역차별을 받고 있는 거라고 본다.

여자들의 세계는 아주 복잡한 관계로 얽혀 있다. 특히나 홀수일 때 최고 정점에 도달한다. 게다가 세 명이라면 더 위험하다.

팀에 속한 여직원들도 출근시간이 되면 가족보다 더 가까운 친밀감을 유지한다. 하지만 퇴근시간이 되면 신데렐라처럼 돈독했던 관계는 끝이 나고 만다. 그래서 팀장은 여자 직원들을 무척 싫어했다. 새로운 직원을 뽑을 때면 항상 남자를 뽑았고, 그중에서도 자신의 입맛에 맞는 사람을 채용하게 된다. 그 사람의 능력은 중요한 게 아니었다. 오로지 자신의 정치적 목적을 위한 부속품일 뿐이다. 그래서 다른 팀에 비해 우리 팀은 유독 남자가 많았다.

요즘 팀장과의 관계가 좋지 않다. 사사건건 팀장이 하는 불합리하고 이기적인 일들에 대해 회의 때마다 내가 진실만을 말해왔기 때문이다. 하지만 다른 사람들은 큰 불만이 없었다. 남자들은 자신이 데려온 낙하산이었고, 여자들은 불평불만이 항상 많았지만 직접 말은 못 하고 뒤에서만 팀장을 씹어댔다. 때마침 팀장이 나를 부른다.

"김 과장. 나랑 회의실에서 얘기 좀 하지."

"지금요? 무슨 일이죠?"

팀장의 얼굴 미간에 주름이 짙어진다.

"그건 일단 회의실에서 얘기하죠."

사람들이 보이는 대외적인 장소에서는 격식을 갖춘 말을 쓰면서 자신을 포장하고 있다. 사무실로 따라 들어간다.

"김 과장이 여기 회사에 온 지 얼마나 됐지?"

"5년이 조금 넘었죠."

"그래? 그렇게 오래됐나? 하긴 내가 이곳에 온 지 2년이 좀 안 됐으니, 그럴 수 있겠네."

"하실 말씀이 뭐죠?"

"최근 들어 내가 하는 일에 너무 불만이 많은 것 같아서 말이야. 그렇게 불만이 많으면 우리 함께 일하는 게 힘들지 않을까? 나는 너무 불편하거든."

"왜죠? 저는 하나도 불편한 게 없는데요."

팀장은 황당함과 약간의 화가 치밀어 오른 듯 고개를 좌우로 갸우뚱거린다.

"나한테 이런저런 불만을 지금까지 계속 말을 해왔잖아. 그런 식으로 하면 같이 일하기 어렵지. 안 그래? 누군가는 그만두는 게 여러모로 좋지 않겠어?"

"팀장님이 그만 두실 건가요?"

팀장은 당황해하며 얼굴까지 빨개지고 몸을 들썩거렸다.

"내가? 아니. 나는 그만둘 수 없지."

"그런데 그걸 왜 저한테 강요하시죠? 팀장님도 그만두기 싫고, 저도 아무런 불편함을 못 느끼면 아무런 문제가 없는 것 아닌가요?"

자신이 원하던 계획대로 대화가 흘러가지 않았는지 별다른 말 없이 그 상황은 마무리가 되었다. 밖으로 나온 나는 잠시 생각에 잠긴다. 지금은 위기의 상황을 잘 넘겼지만, 지금부터는 내게 어떻게든 꼬투리를 만들어 도망쳐버린 황 대리처럼, 내 목을 쳐낼 거란 걸 나는 알고 있었다. 길어봐야 2년. 아니면 더 짧을 수도 있다. 그때 내 뒷자리 옆에 있던 김단비 씨가 말을 걸어 왔다.

그녀는 회사에서도 가십걸로 아주 유명한 여자였다. 회사의 모든 이야기들을 어디선가 주워들어 흘리고 다니는 여자다. 남 이야기하는 걸 아주 좋아한다.

"과장님. 팀장이 뭐래요? 또 안 좋은 소리 했나요?"

"네? 뭐… 자세한 건 점심을 먹으면서 얘기할까요?"

그녀는 궁금증에 애가 타고 있는 것처럼 보였다.

"그래요. 아! 빨리 점심시간이 되면 좋겠다. 오늘 시간이 왜 이렇게 안 가지?"

시간은 언제나 똑같이 흘러갔다. 그냥 자신이 오늘따라 일을 더 하기 싫은 거였다. 그 옆에 있는 황수희도 마찬가지다. 둘은 동갑으로 남의 얘기를 하는 걸 좋아하고 불평불만이 많았다. 그래서 둘의 케미가 더 잘 맞았던 것 같다. 하지만, 나머지 한 명 장순이 그녀는 조금 달랐다. 대부분의 일은 그녀가 다 하고 있었다. 우리 팀에서 유일하게 여자 중 흡연을 하는 인물로 나와 주로 담배를 피우며 이런저런 이야기를 주고받는 사이다. 그렇게 원하던 점심시간이 되었고 팀장과 나눈 이야기를 여직원들에게 사실대로 얘기해 주었다.

"와. 어쩜 그래? 그 인간 안 되겠네. 자기나 잘 하라고 하지 그랬어요?"

가십걸 김단비는 마치 본인 일처럼 흥분하면서 말을 했지만, 정작 본인은 팀장 앞에선 아무 말도 못 하는 겁쟁이였다.

"그러게 자기가 쳐 나가면 될 텐데 말이야."

황수희 그녀도 그 말에 힘을 보탠다. 장순이는 그러든지 말든지 신경 쓰지 않고 주문한 순두부찌개를 혼자 맛깔나게 먹고 있었다. 이때까지는 옳고 그름을 떠나 우리는 서로가 한 팀으로 지냈다. 공공의 적이 있었기 때문이다.

♯

다음 날 회사로 출근을 하자마자 아침 일찍부터 담배를 피우러 밖으로 나왔다. 맑은 하늘에 구름을 벗 삼아 구름처럼 연신 담배연기를 뿜어냈다. 담배연기는 잃어버린 첫사랑을 만난 것처럼 흘러가는 구름 뒤를 쫓으며 조용히 사라져버린다.

다시 닭장 속으로 들어갈 시간이다. 9시부터 시작되는 하루 일과를 조금 넘은 9시 10분쯤에 사무실로 들어왔다. 자리로 가는 도중 우리 팀 자리에 팀원들이 팀장을 중심으로 원을 그리며 모여있었다. 내 자리에 도착했을 때쯤, 팀장과 눈이 마주치고 다른 팀의 팀장과 함께 낯선 여자의 뒷모습이 보인다. 팀장은 아주 난처하고 껄끄러운 표정을 지으며 내게 말을 한다.

"김 과장. 아침부터 어딜 다녀오는 거야? 일단 인사하지. 다른 팀에 새로 들어온 이 대리야."

"아… 네. 반갑습니다. CS 기술팀 과장, 김석태라고 합니다."

내 목소리를 들은 그녀는 몸을 돌려 나를 향해 고개를 숙여 인사를 한다. 단발보단 좀 더 긴 생머리였고, 앞머리는 얼굴의 반을 가린 상태다. 고개를 들어 나를 바라보는 그녀의 얼굴을 본 후, 내 심장 소리는 쉽사리 가라앉지 않았다. 오랜만에 크나큰 이 울림의 소리는 9년 만에 다시 느껴 본 심한 떨림에서 비롯되었다. 그녀의 얼굴은….

"잘 부탁드립니다. 이소미라고 합니다."

"이… 이소미."

감정의 속내를 감춰 온 평소의 내 모습과는 다른 반응에, 팀장은 작고 찢어진 두 눈을 동그랗게 만들어 의심의 눈초리로 내게 물었다.

"김 과장 혹시… 둘이 아는 사이야?"

스위치를 내려버린 캄캄한 암흑처럼 순간 머릿속이 멍해진 기분이다. 내가 대답을 머뭇거리던 그 찰나의 몸짓을 보던 소미는, 자신의 아랫입술을 살며시 깨물고 있었다. 9년 전 우리가 가로등 벤치에 앉아서 했던 그 약속! 소미는 내게 신호를 보내고 있었다. '내가 아랫입술을 살짝 깨물면 절대로 아무 말도 하지 않는 거야. 어떠한 상황에서도 함구하기로 석태 너는 가만히 있고 꼭 내 편이 돼주기로 말이야.' 그날 우리가 했던 비밀 암호를 그녀도 나도 기억하고 있었다.

"아… 뇨. 제가 어떻게 이런… 미인을 알겠습니까?"

평소답지 않은 억지웃음을 지으며 흠칫해버렸다. 나도 모르게 미인이라고 말한 내 대답을 듣던 주변 동료들이 갑자기 동요하기 시작했다.

"그럼, 저희는 다른 팀에 인사를 가야 하니 수고하세요."

이상한 분위기가 감돌자, 다른 팀 최 팀장님은 인사를 마치고 소미와 함께 빠르게 떠나 버렸다. 한동안 멍하니 서 있던 내게 팀장은 다가와 손가락을 눈앞에서 시끄럽게 '딱딱'거린다.

"뭐해요? 가만히 서서. 빨리 업무나 하세요."

짜증 섞인 팀장의 목소리를 듣고서야 정신을 차리고 자리에 털썩 주저앉는다. 아직도 사그라들지 않은 공허함을 뚫고 단비 씨의 낭랑한 목소리가 소곤거리며 들려온다.

"근데 수희 씨. 봤어? 아까 그 얼굴? 뭐야? 얼굴 왜 이래? 난 아까 소름이 돋아서 참을 수가 없더라고."

"그러게요. 피부도 하얗고 이목구비는 이쁜데, 그 얼굴에 난 상처는 뭘까? 도대체 무슨 일을 당했길래 저 모양이야? 으윽! 징그러."

역시나 이 회사의 가십걸답게 둘은 소미에 대한 뒷이야기를 서슴없이 공개적으로 떠들고 있었다. 불쾌함을 느꼈지만 나는 아무 말도 할 수가 없었다.

그런데 단비 씨는 무의미한 수다 속의 세계로 나를 초대했다.

"과장님은 아무렇지도 않아요? 얼굴 봤죠? 칼자국으로 난도질 된 거요."

"글쎄요. 그게 뭐 문제가 되나요? 개인적인 사정이 있겠죠. 그런 거에 선입견을 갖는 게 더 문제인 것 같은데요."

평소라면 자기가 말한 대답에 고개를 연거푸 끄덕이던 내가 오히려 본인을 지적했으니 기분이 나빴나 보다. 단비 씨는 더 이상 내게 말을 하지 않았다. 그리고 다시 자신의 자리로 돌아갔다.

그 오랜 시간 연락도 없었던 소미는 왜 이제서야 내 앞에 갑자기 나타난 걸까? 그게 무슨 이유가 되냐며 나 자신을 설득하고 안도의 한숨을 쉬었다. 지금이라도 그녀를 만났다는 그 사실이면 충분했다. 여기저기 인사를 마치고 자신의 자리로 돌아가는 소미에게 계속해서 눈을 뗄 수가 없었다.

♯

"과장님. 과장님! 김 과장님."

옆에 있던 송 대리가 내 어깨를 툭 하고 건드렸다.

"어? 어. 무슨 일이지?"

"저기 죄송한데… 전화 좀 받아 주시죠. 지금 저도 그렇고 다들 통화 중인데, 벨이 울려도 과장님만 안 받고 계시네요."

"아. 그랬나? 미안. 알았어."

몇 번을 울렸는지도 모를 전화를 냉큼 받았다.

"정성을 다하겠습니다. 무엇을 도와드릴까요?"

그렇게 몇 통의 전화응대를 마치다 보니 어느덧 점심시간이 되었고, 사람들과 함께 식당으로 향했다. 지하 식당가로 내려가기 위해 엘리베이터로 향했고, 그곳에서 소미를 다시 만났다. 소미는 나를 힐끔 쳐다보고 다시 고개를 돌렸다. 그녀를 위해 나도 똑같이 고개를 저었다. 운이 좋게도 소미와 함께 엘리베이터를 타게 됐고, 거울로 비친 소미를 힐끔 훔쳐본 것이다.

잠깐 동안 함께한 시간을 뒤로 한 채 이미 정해 놓은 지하 식당 안에 들어가 자리에 앉았다. 곧바로 김단비 씨는 참아왔던 이야기들을 마구마구 내뱉고 있었다.

"저기. 빅뉴스! 내가 알아낸 건데, 글쎄 이번에 새로 온 소미 씨 말이야. 이 회사에 어떻게 들어왔는지 다들 모르죠?"

옆에 있던 수희 씨가 다급히 묻는다.

"뭔데? 뭔데?"

"그게 장애인 특별 채용이라고 하더라고요. 대박 아님?"

"장애인 특별 채용? 설마 그 얼굴에 난 상처? 어머 웬일이니? 근데 그게 장애 판정이 나는 거야?"

수희 씨는 이해할 수 없다는 듯이 단비 씨에게 묻는다.

"그래서 내가 찾아보니깐, 안면에 45%의 변형이 있으면 운 좋게 5급은 나온대요. 머리로 가려서 그렇지 아마 얼굴 대부분에 상처가 있는가 보지."

"어쩐지… 불편한 몸으로 어떻게 이 회사까지 들어왔는지 궁금했는데…"

이야기를 듣다 보니 불쾌해져서 둘이 나누던 대화에 끼어들어 화제를 바꿨다.

"저기요. 그게 뭐 중요한가요? 일만 잘하면 되는 거죠. 얼른 식사나 하시죠."

단비 씨는 밥을 먹는 대신 불만스러운 표정으로 수저를 내려놓으며 내게 한마디 덧붙였다.

"손가락도 하나가 없다고요. 그래서 컴퓨터 타자를 제대로 치겠어요?"

나는 순간 놀라서 되물었다.

"손가락이 없다고요?"

"네. 아까도 인사할 때 손을 계속 포개고 있길래 이상하다 했죠. 나중에 화장실 갔을 때 슬쩍 보니깐 새끼손가락이 없던데요."

"어머. 어머. 헐! 정말?"

수희 씨는 과장되게 손짓까지 하며 흥분한 상태로 맞장구를 쳐댄다.

이소미! 도대체 9년 동안 너에게 무슨 일이 벌어진 거니? 나는 궁금했다. 한편으론 그녀가 무척 걱정이 되었다.

점심을 다 먹은 후에 다시 사무실로 들어왔다.

신경이 쓰여 하루 종일 일에 집중할 수 없었다. 나는 퇴근시간이 되기만을 기다렸다. 시간은 나를 중심으로 플레이 배속을 늦춘 듯 더욱 더디게만 흘러갔다. 그때 멀리서 소미가 밖으로 나가는 모습이 보였다. 나는 급하게 자리에서 일어나 빠른 걸음으로 따라 나갔다. 그때 그녀를 처음 만났던 그날처럼 말이다.

밖으로 나온 나는 소미의 손을 잡아 비상구 계단으로 무작정 끌고 갔다. 계단을 위아래로 확인하고 나서야 말을 건넸다.

"소미야. 어떻게 된 거야? 그동안 연락은 왜 안 된 거야? 여기는 어떻게 온 거야?"

쉴 새 없는 내 질문에 소미는 오히려 차분한 상태로 나를 지긋이 바라본다.

"하나씩 물어봐 줄래? 석태 넌 여전하구나. 흥분하면 항상 떽떽거리는 거."

나는 숨을 한번 크게 내쉬고 천천히 말을 이어갔다.

"알았어. 오늘 퇴근하고 만나서 이야기하자. 나 너한테 하고 싶은 말이 너무 많아. 부탁할게. 연락처 뭐야. 빨리 알려줘."

"연락처는 회사 그룹웨어 연락망에 있을 거야. 나 이제 화장실 좀 가도 될까?"

"어? 그… 그래. 미안. 이따 보자."

소미는 그렇게 자리를 떠났다. 퇴근 후 우리는 회사와 조금 멀리 떨어진 식당에서 단둘이 만났다. 서로 마주 보고 앉아 내가 먼저 말을 건넸다.

"소미야. 그동안 어떻게 지냈어? 왜 내게 말도 없이 떠난 거야?"

"그 얘긴 우리 하지 말자. 밥부터 먹고 하자. 배고프지?"

"지금 밥이 문제야? 난… 난 네 생각을 매일매일 해. 네가… 네가 나 때문에…"

갑자기 목이 메고 말을 할 수가 없었다. 나도 모르게 눈물이 눈가에 고였다. 그런 나를 위해 소미는 냅킨을 꺼내어 내 손에 쥐여주었다. 건네준 손에서 잘린 새끼손가락이 스쳐 지나갔다. 단비 씨의 말은 사실이었다.

"그러지 마. 이제 너를 위해서 살아. 우리가 이제부터 천천히 밥을 다 먹고 헤어지게 되면, 앞으로 그냥 모르는 사람으로 살기로 해. 약속해 줄래?"

"싫어. 왜? 도대체 왜 그래야 되는데? 우리 아직 헤어진 거 아니야. 그날 이후로 넌 내게 헤어지자고 말한 적이 단 한 번도 없어. 그럼 우린 아직 사귀고 있는 거야. 마치 장거리 연애를 하는 것처럼 잠시 아니, 오랜 시간 각자의 시간을 가졌던 거야. 그런 거지? 맞지? 응?"

소미는 가려진 앞머리를 자신의 귀 뒤로 넘기고 감춰진 얼굴을 내게 보여줬다. 그리고 자신의 왼손을 들고 새끼손가락을 정확히 보여주며 내게 말했다.

"내 얼굴을 똑바로 봐. 이 손가락도 보라고! 견딜 수 있겠어? 지금 순간의 감정으로 네 인생을 망치지 마. 난 네가 생각하는 열아홉 순수한 그때의 소녀가 아니야. 정신 차려 김석태!"

"무슨 소리야? 난 네가 손가락이 아니라 두 팔이 없다고 해도 상관없어! 네가 내 그림자 속으로 들어왔던 봄날부터 우리는 이미 연결돼 버린 거라고. 운명. 만약 운명이란 게 존재한다면 너와 나일지도 몰라."

흥분한 우리의 대화는 주변 사람들을 동요시켰다. 때마침 주문한 음식이 나왔다. 서빙을 하던 아주머니는 무심코 소미의 얼굴을 보다가 놀라며 나오던 음식을 떨구고 만다. 떨어진 음식은 바닥을 흥건히 적시고. 국물은 사방으로 튀어 꽃가루처럼 날렸다. 왜 하필⋯ 최악의 상황이었다.

소미는 말없이 자리에서 일어나 밖으로 뛰쳐나갔다. 식당 아주머니는 음식을 다시 가져다주고, 세탁비까지 준다고 하며 미안하다는 말을 계속하셨다. 나는 아주머니께 상관없으니 가보겠다고 말하고 재빠르게 소미를 따라 나갔다. 그런데 소미는 이미 어디론가 사라져 버렸고 나는 소미의 이름을 하염없이 불렀다. 아직도 할 이야기가 많이 남았는데⋯.

그날의 만남 이후, 회사에서 소미는 나를 계속 피해 다녔고 나도 한동안 소미와 거리를 두었다.

오늘도 그렇게 똑같이 힘겨운 하루를 보내고 있었다. 내가 담배를 피워대는 시간은 늘어만 갔고, 지금도 담배 한 대를 피우고 화장실로 손을 씻으러 들어왔다.

창문도 없는 이 널찍한 화장실 안에는 내가 들어오기 전에 막 청소를 한 것처럼 심한 락스 향이 주변 공기를 맴돌았고, 잘 정돈된 분위기와는 다르게 세면대 위에는 출처를 알 수 없는 반투명한 편의점 비닐봉지가 있었다. 그 안에는 쓰레기가 가득 담겨 있었다. 발걸음을 옮겨 볼일을 보고 있는 내 뒤로 화장실 문이 열리고, 다른 팀 동료 두 명이 들어와 조용하던 화장실 분위기를 바꿔 버렸다. 그들은 몇 번 본 적은 있었지만 크게 교류가 없는 사람들이었다.

"저기 송 대리. 이번에 새로 들어온 여자 있잖아. 알지?"

"누구요?"

"왜 있잖아. 그 얼굴의 칼자국. 그 여자."

그는 손으로 자신의 얼굴을 그어가며 과장된 몸짓을 하고 있었다.

"아! 그 여자요? 과장님. 근데 왜요?"

"몸매도 늘씬하고 피부도 뽀얀 게 생긴 건 정말 이쁘더라고. 어우! 불끈불끈해. 어떻게 한 번 해볼까 해서. 네 생각은 어때?"

"에이! 그 흉터를 보고도 그런 생각을 하세요? 포기하시죠. 그게 감당이 되겠어요? 생각만 해도 소름이 돋네요."

"어차피 즐기는 건데 그게 무슨 상관이야. 재미 좀 보는데 여자는 불 끄면 다 똑같지. 이 사람 모른 척하고 있네."

"아무리 그래도 밖에서 뭘 하고 살았는지 어떻게 알아요? 괜히 똥 밟지 마시죠."

"이봐요."

가만히 듣고 있던 나는 화가 나 그냥 나갈 수가 없었다.

내 말에 두 사람은 동시에 흠칫 놀라 나를 쳐다보았다. 그중에 송 대리라 불리던 인간이 내게 묻는다.

"누구요? 저희요?"

"지금 여기에 두 분 말고 또 누가 있나요? 지금 하신 말들이 성희롱인 걸 모르시나요? 법적인 처벌을 받을 수 있다는 겁니다."

그들은 황당한 표정으로 어이없다는 시선을 내게 보냈다.

"그게 그쪽이랑 무슨 상관인데요? 참나. 그리고 이게 무슨 성희롱이야? 직접 대놓고 말한 것도 아닌데."

"사람이 없는 곳에서 그 사람을 성적 대상으로 말하는 건 정상이라는 겁니까?"

서로의 감정싸움이 격해질 때쯤, 과장이라 불리던 사람이 끼어든다.

"진정들 하시죠. 우리가 이렇게 싸울 필요는 없을 것 같은데요. 어쨌든 그 말은 내가 실수한 것 같네요. 미안해요."

자신의 잘못까지 인정한 사람에게 내가 더 이상 화를 낼 수는 없었다. 한 번 보고 끝날 사이가 아니었기 때문에 더러운 기분을 씻어내듯 손을 씻고 그 자리를 바로 나왔다. 내가 나가는 와중에도 송 대리라는 인간은 계속 투덜대고 있었다.

자리로 돌아와 곧바로 소미에게 업무 메신저를 보내고, 9층 하늘공원에서 만나달라고 간곡히 부탁을 했다. 한사코 거절하던 소미는 내 마지막 부탁이라는 말에 결국 만남의 장소로 나오게 된다.

"소미야, 네가 원하는 대로 너를 모르는 사람으로 대할게. 대신 지금부터 내가 묻는 말에 진실만 대답해 줘."

소미는 말없이 고개를 끄덕였다.

"네가 지금까지 무얼 해왔던지. 그래! 아무것도 묻지 않을게. 근데 왜 여기서 일을 하는 거야? 더 좋은 곳도 있을 텐데 말이야. 이 거지 같은 곳은 너와 어울리지 않아."

"내가 어울리는 곳이 어딘데? 내가 이 몸으로 어딜 갈 수 있겠어? 나도 사람이고, 돈이 필요해. 먹고는 살아야 하지 않겠어?"

"그럼, 나랑 결혼하자. 내가 너를 책임지면 되잖아. 그럼 된 거 아니야?"

소미는 웃었다. 느낌은 달랐지만 9년 만에 처음으로 그녀의 웃음을 보게 됐다.

"김석태. 나 바보 아니야. 네가 얼마나 버는데? 네가 말한 대로 이 거지 같은 곳에서 너 혼자만으로 평범한 가정을 꾸릴 수 있다고 생각해? 정신 차려."

순간 그 말이 맞을지도 모른다는 생각을 했다.

"나, 글도 쓰고 있어. 이게 대박 나면 네 얼굴 내가 예전처럼 만들어 줄 거야. 생각해 봐. 예전의 너로 돌아갈 수 있어."

"예전처럼… 지긋지긋해! 그만하자. 이제 앞으로 우리는 모르는 사이야. 됐지? 아까 네가 말한 마지막이란 약속은 꼭 지켜줘."

소미는 말을 끝내고 사무실로 황급히 돌아갔다. 잡고 싶었지만 그녀를 잡을 수 없었다. 내가 소미를 처음 만났던 그때 내가 소미를 계속 밀어낸 것처럼, 소미는 나를 강하게 거부하고 있었다.

나는 매일같이 소원을 빌었다. 소미를 만나게 해달라고 안 나가던 교회도 나갔다. 절에도 갔었다. 결국 하늘은 내 소원을 들어 줬지만, 대신 더 크나큰 불행을 안겨 준 것만 같았다. 지금 회사에서도 팀장은 나를 밀어내고 있다. 어딜 가든지 나는 계속 밀려나고 있었다. 이런 문제들은 업무에도 많은 영향을 미쳤고, 무리와 멀어진 상처 입은 얼룩말을 발견한 하이에나처럼 이 기회를 팀장은 놓치지 않았다.

  팀장은 나를 다시 회의실로 불렀다. 이런저런 어려운 업무를 내게 시켰고 내 스트레스 지수는 끝없이 높아만 갔다. 주간회의가 있던 날, 팀장의 하반기 업무 계획서를 우리 팀에게 보여주었고, 나는 무리한 일정이라고 말하며 신경전을 벌였다. 팀장은 이건 우리 팀을 위한 어쩔 수 없는 선택이라고 말하며 설득이 아닌 강요를 했다. 나는 지쳤다. 팀장의 이기적인 행동보다는 나를 대하는 소미의 마음 때문에 더 슬프고 지쳤다.

  지난번 소미에게 글을 쓰고 있다는 말은 했지만, 사실 나는 미래가 없었다. 몇 달 전 온라인 소설 공모전에 지원한 작품은 아무런 소식조차 없었다. 최근에서야 내가 썼던 소설과 비슷한 작품이 서비스되는 걸 알게 되었다. 당선자 발표 일자도 없었고 개별 연락이라고만 적혀있던 공모전은 결국 지원자들의 아이디어만 빼먹는 악덕업체였다. 큰 상금으로 기대치를 높인 후에, 가로채는 이 수법은 나중에 알고 보니 생각보다 많이 있었다. 결국 밑바닥인 지원자들의 간절함은 더 깊숙한 심해의 바닥으로 떨어져 버렸다.

  또 어느 날엔 메일이 한 통 왔었다. 내 메일을 어떻게 알았는지는 모르겠지만, 아마 내가 올려놓은 블로그의 글을 본 건지도 모른다. 자신을 모 방송국의 콘텐츠 담당자라고 소개했고 콘텐

츠 기획팀 프리랜서 PD를 뽑고 있으니 지원을 부탁한다는 내용이었다. 지원 시 첨부해야 하는 자료 중엔 자신이 영상화를 하면 좋을 것 같은 작품에 대한 조사와 평가 보고서를 첨부하라는 조건이 있었다.

나는 좋은 기회를 잡기 위해 퇴근 후 밤을 지새우며 평가 자료를 만들어 메일을 보냈다. 그리고 잘 받았다는 회신을 받게 된다. 발표일이 지나고 오랜 시간이 지나도 결과 메일은 도통 받을 수 없었다. 기다림은 나의 몫이었기에 다시 메일을 보내도 답변조차 없었다.

나중에 알게 된 사실이지만, 글을 좀 쓴다는 사람들에게 메일을 보내서 자신이 해야 될 업무를 아무런 대가 없이 나에게 대신하게 만든 수법이었다.

사기란 건 꼭 거창한 게 아니다. 아주 사소한 것을 사기 치기도 한다. 똑똑한 사람도 자신의 상황이 절박하다면, 썩은 동아줄이라는 걸 충분히 알지만, 의심의 단계를 생략하고 위험을 감수한다.

이런 보잘것없는 게 내 인생인 줄 알면서도 거짓된 희망을 소미에게 꾸며내어 내 욕심만 채우려 했었다. 맞는 말이다. 소미는 더 이상 불행하면 안 되는 아이다. 결국 나란 놈이 바로 소미의 인생에 큰 불행이었다. 소미의 미래를 위해 이 힘든 줄타기를 끝내기로 마음먹었다.

사무실로 들어가자마자 나는 팀장에게 퇴사를 하겠다고 말했다. 팀장은 기다렸다는 듯이 사직서를 받았지만 내게 별다른 말은 하지 않았다. 나는 후임자를 위해 한 달이라는 시간을 더 일해야 했다. 팀원들에겐 굳이 내가 나서서 그만둔다는 말을 하지 않았다. 유명인이 되거나 좀 더 좋은 곳으로 이직하는 것이 아니었기 때문이다.

그런데 이 소식은 가십걸인 단비 씨에게도 빠르게 전해졌고 그녀들은 동요하기 시작했다. 나를 걱정해서가 아니었다. 팀장이 공공의 적이긴 했어도 자신들에게 가해질 피해를 대신 막아주던 내가, 사라지는 것이 두려웠던 것이다. 다음 타깃은 자신들일 거란 막연한 불안감이었다.

그 이후 단비 씨와 수희 씨는 노골적으로 팀장의 말에 동조하기 시작했다. 그녀들은 평상시 재미도 없는 팀장의 농담에도 무시해 왔었다. 그런데 언제 그랬냐는 듯 이제는 깔르르 웃어가며 비위를 맞추어 갔다. 하물며 팀장을 추켜세워주고 선물까지 줘가면서 자신들의 마지막 남은 밑바닥 인생을 부여잡고 있었다. 그런 그들을 위해 내가 대신 방어막이 되어 싸워온 것이다. '이 회사는 미래가 없다'라며 노래를 부르던 그녀들이 이제는 팀장의 충성스러운 개가 되었다. 토악질이 절로 나온다.

밖으로 나왔다. 부드러운 바람이 불어온다. 깊게 숨을 들이마시고 하늘을 바라본다. 오늘은 날씨가 유난히도 맑고 따스하다. 퇴사하기 딱 좋은 날씨구나. 소미는 그동안 어떤 삶을 살았을까? 무척 궁금하다.

3장.
소미 이야기

소미 이야기

나는 서울 근교에 있는 보육 시설에서 갓난아기 때부터 살고 있다. 내가 열 살 무렵 여름 방학이었다. 보육원 앞 공터에서 혼자 그네를 타고 있었다. 멀리 보이는 입구에서부터 걸어오는 키가 큰 어른과 그 뒤를 작은 발걸음으로 따라 들어온 아이가 보였다. 이곳에 들어오는 아이들은 대부분 차를 타고 들어오거나 어른들의 손을 잡고 오는데, 그 아이는 스스로 걸어오고 있었다. 물론 충분히 혼자 걸을 수 있는 나이로 보였지만 흔치 않은 분위기였다. 공터를 가로질러 보육원으로 들어간 지 몇 분 후에 원장 선생님은 우리들을 한데 불러 모았다. 다들 모인 자리에서 말씀하셨다.

"자 여러분! 오늘은 귀한 손님이 오셨어요. 이분은 여러분 나이쯤 됐을 때, 이곳 희망 보육원에서 생활을 했던 선배 아저씨예요. 다들 태권도 아시죠? 오늘은 여러분들을 위해 태권도를 가르쳐 주기 위해 멀리 서울에서 오셨어요. 다들 환영해 주세요. 박수."

원장님은 손뼉을 먼저 치셨고 배운 대로 우리도 자연스럽게 손뼉을 따라쳤다.

"그리고 옆에 있는 친구는 아들인 석태 군이에요. 방학을 맞이해서 며칠 동안 이곳에 와서 태권도를 함께 할 거니까 있는 동안 사이좋게 잘 지내봐요."

"네."

아이들은 일제히 큰소리로 대답했다.

아저씨는 준비해온 도복을 한 명씩 건네줬다. 태권도에 대한 호기심에 모두들 기분이 좋아 보였다. 공터 한편에 놓인 커다란 나무그늘 밑으로 초등학교 저학년들이 옹기종기 모였다. 사실 보육원 안에 고학년은 존재하지 않는다. 그 전에 아이들이 떠났기 때문이다.

아저씨는 그날 우리에게 품새란 걸 알려주셨다. 서로가 짝을 이루어 연습도 함께했다. 나는 아저씨의 아들인 석태와 한 팀이 되었다. 말수가 적은 아이였다. 나와 함께 품새를 하는 동안 한

마디도 하지 않았다. 그렇게 3일 동안 아저씨는 보육원으로 찾아와 태권도를 친절히 알려주셨다.

마지막 수업을 받던 어느 날이었다. 보육원 입구로 고급 승용차 한 대가 희뿌연 연기를 일으키며 비포장 공터를 가로질러 들어왔다. 운전석에선 양복을 그럴싸하게 차려입은 사람이 먼저 내려 뒷좌석의 문을 공손히 열어 주었다. 차에서 내린 어른과 아이는 분위기로 보아 부유한 사람인 걸 한눈에 알 수 있었다. 한창 연습을 하던 우리들을 원장님은 불러 모았다.

"여러분, 그동안 우리 보육원을 오래도록 후원해 주셨던 고마운 분이 오셨어요. 모두 환영의 인사를 해주세요. 박수."

어김없이 박수는 흘러나왔다. 나이 많은 아저씨는 인사가 끝나자 자신이 데려온 아이에게 귓속말을 남기고 원장님과 함께 건물로 들어갔다. 석태 아버지는 우리에게 다 함께 어울려 연습을 하라고 하셨다. 그리고 뒤늦게 따라 들어가셨다. 어른들이 건물로 들어간 걸 확인하고 차를 몰고 왔던 선글라스를 낀 아저씨에게 태권이가 뭐라고 말했다. 그러자 차 트렁크에서 맛있는 과자들을 한 아름 꺼내서 나눠주었다.

나무 그늘에 깔아 놓은 돗자리로 자리를 옮겨 우리는 간식을 먹었다. 대부분 처음 먹어 본 고급스러운 과자와 초콜릿들이었다. 태권의 손짓에 아저씨는 차 안으로 들어가고 태권이만 홀로 남게 되었다.

아이들은 누가 봐도 유복해 보이는 태권의 모습에 푹 빠져버렸다. 남자아이들은 마치 조직의 부하들처럼 태권의 기분을 맞춰가고 있었다. 특히나 보육원에서 제일 비열한 홍기는 자신의 미래까지 생각을 했는지 그의 손발이 돼주었다. 아이들과 조금 떨어진 흙바닥에 혼자 앉아 있던 나를 태권이가 슬쩍 쳐다보았다. 그리고 슬며시 내 옆으로 다가와 말을 걸었다.

"너 이름이 뭐니?"

내 이름을 묻는 말에 나는 대답하지 않았다. 그런 내 행동이 불쾌했는지 태권은 흥분한 듯 보였다.

"야! 너 나 무시하는 거야? 어?"

나는 그를 피해 자리를 계속 이동했다. 태권은 자리에서 일어나 나를 계속 따라왔다. 옆에 있던 홍기도 보디가드처럼 졸졸 그의 뒤를 쫓아왔다. 눈부신 뜨거운 햇살을 피해 그늘의 끝자락까지 이동한 나를 두 명이 둘러쌌다.

"너 왜 도망가는 거야? 난 이름만 물었을 뿐인데."

무슨 이유인지 모르지만 태권이란 아이가 나는 싫었다.

"저리 가. 말하기 싫어."

옆에 있던 홍기는 태권에게 조용히 속삭였다.

"얘 이름은 초롱이야. 그냥 가자. 얘 왕따야."

"그래? 그럼 모두들 얘를 싫어하겠네. 곤란한 상황에서 아무도 도와줄 사람이 없다는 거잖아."

갑자기 기분 나쁜 웃음을 지었다. 그리고 태권은 홍기에게 말했다.

"쟤한테 이 초콜릿 던져봐. 재밌을 것 같은데."

나는 갑자기 무서웠다. 비열한 홍기는 망설임도 없이 내게 초콜릿을 마구 던졌고, 태권이도 동참하였다. 날아오는 초콜릿이 얼굴에 닿으며 따끔거렸다. 아픈 얼굴을 감싸고 주저앉았다. 값비싼 초콜릿이 돌처럼 내게로 마구 쏟아 내렸다. 그런데 갑자기 비명 소리가 크게 들렸다.

"아! 이거 놔. 아프다고."

감은 두 눈을 뜨고 살며시 고개를 들어 바라본 광경은 석태가 홍기의 손을 잡고 있는 모습이었다.

"아프냐? 인간이라면 누구나 똑같이 아픈 거야. 네가 던진 초콜릿 때문에 저 아이도 많이 아플 거라고. 이제 그만해."

홍기는 울먹이는 목소리로 알았다고 사정하고 있었다. 심술 궂은 표정으로 옆에 있던 태권은 석태에게 말했다.

"야. 거지 놈아. 네가 뭔데 영웅 행세야? 이 고아 놈이…"

손목을 어루만지며 씩씩거렸다.

"나 거지 아니고 고아도 아닌데? 나 아빠 있거든. 한심한 놈.

네가 할 수 있는 말이 그것밖에 없냐?"

태권은 흥분해서 느닷없이 석태에게 달려가 주먹을 날린다. 석태는 재빠르게 피하면서 태권의 다리를 걸어 넘어트린다. 태권이는 바닥으로 그대로 쓰러졌다. 심하게 날린 먼지의 양만큼 태권은 엉엉 울었다. 잘 차려입은 깨끗했던 명품 옷엔 흙먼지가 한가득 묻어 버렸다. 넘어질 때 부딪친 건지 이마에선 시뻘건 피가 점점 선명해지고 있었다.

저 멀리 차에서 한가로이 쉬고 있던 선글라스 아저씨는 태권의 울음소리에 놀라 허겁지겁 뛰어오고 있었다. 태권에게 다가와 그 아이를 일으켜 세우며 안절부절못하는 모습이었다.

태권은 천군만마를 얻은 것처럼 선글라스 아저씨에게 석태를 혼내달라고 말했다. 아저씨는 잠시 멈칫했지만, 성큼 다가와 석태의 머리를 이유 없이 쥐어박는다. 석태는 멀뚱히 쳐다본다. 보통의 아이라면 울었을 텐데 그는 가만히 있었다.

"왜 때리세요? 잘못은 쟤가 먼저 했는데, 주먹을 날린 것도, 스스로 넘어진 것도 쟤인데요."

아저씨는 당황하며 머뭇거렸다. 맞는 말이었다. 그는 평상시에도 늘 이런 뒤처리를 해왔던 탓에 난감한 표정이었다. 뒤에서 태권은 더 거세게 울부짖었다.

"저 새끼 더 혼내라고!"

계속된 시끄러운 소리 때문인지 원장님과 석태 아버지 그리고 태권의 아버지가 뒤늦게 밖으로 나오셨다. 선글라스 아저씨가 석태를 한 번 더 때리려고 손을 올린 모습을 보고 석태 아버지가 급하게 달려와 말했다.

"지금 뭐 하는 겁니까? 왜 아이에게 폭력을 쓰나요?"

아저씨는 무척 난감해하는 모습이었다.

"이놈이 사장님 아들을 먼저 바닥에 쓰러트렸습니다."

석태 아버지는 석태에게 물었다.

"이 말이 사실이니? 네가 먼저 그랬어?"

"아니. 저 아이가 먼저 여자아이를 괴롭혔고 나는 그걸 말렸어요. 쟤가 먼저 내게 주먹을 날리고 혼자 넘어졌고요."

석태의 말은 90퍼센트는 사실이었다. 석태가 그렇게 둘러댔던 건, 그 아이의 발을 걸어 넘어뜨린 게 아이들의 눈에는 보이지 않을 만큼의 속도였기 때문이다. 나는 처음부터 지켜봤기에 사실을 알고 있었다. 선글라스 아저씨는 석태에게 고함을 질렀다.

"이놈이 거짓말을 하면 어떻게 해? 네가 밀친 걸 내가 두 눈으로 똑똑히 봤는데."

석태 아버지는 목소리를 높여 단호하게 말했다.

"다른 건 몰라도 내 아들은 거짓말을 안 합니다. 그건 제가 장담합니다. 이쯤에서 그만 하시죠."

지켜보던 원장님은 난처해하면서 상황을 빨리 정리하고 싶은 눈치였다.

"그래요. 좋은 날에 서로 얼굴 붉히지 말고 마무리하시죠."

태권의 아버지는 이런 상황이 불쾌했는지 헛기침을 하고 태권에게 말했다.

"곽태권! 네가 그랬니? 저 아이를 괴롭혔어? 당장 말해. 어서!"

아버지의 호통에 긴장을 했는지 눈물만 훔치며 그 애는 아무 말도 하지 않았다. 아저씨는 대답이 없던 태권에게 다가가 다시 한번 말씀하셨다.

"마지막으로 묻는다. 네가 저 아이를 먼저 괴롭혔니?"

고개를 떨구고 있던 태권은 잠시 머뭇거리더니 마지못해 대답했다.

"네…" 태권의 아버지는 자신의 손으로 태권의 뺨을 세차게 내리치셨다.

그 상황을 지켜보던 모든 사람들은 시간이 멈춘 듯 그 자리에서 얼어붙어 버렸다. 태권은 아까 바닥으로 넘어질 때와는 다르게 이번엔 전혀 울지를 않았다. 너무나 급작스러운 행동에 원장님께서 황급히 나서면서 말씀하셨다.

"태권 아버님! 진정하세요. 아무리 그래도 아이에게 폭력은 안 됩니다. 사과를 하고 마무리를 하시는 게 좋을 것 같은데요."

원장님의 말이 끝나자 태권의 아버지는 울고 있는 내게로 다가오셨다. 조용히 자신의 한쪽 무릎을 꿇고 말씀하셨다.

"이름이 뭐니?"

라고 물으며 내 팔을 살포시 잡으셨다.

"강…초롱입니다."

"많이 아팠니? 내가 자식을 잘못 키웠구나. 이 아저씨가 먼저 초롱이에게 용서를 구해도 되겠니?"

나는 어찌할 바를 몰라 하며 주변을 두리번거렸다. 나와 시선이 마주쳤던 원장님은 조용히 내게 손짓을 하셨다. 나는 곧바로 아저씨에게 괜찮다고 말을 해버렸다. 아저씨는 내 말을 차분히 다 듣고 난 후에 팔을 조심스럽게 쓸어내렸고, 다시 태권에게 다가가 말씀하셨다. 무슨 말인지 정확히 듣지는 못했지만, 곧바로 태권은 내게 다가왔다. 그리고 미안하다고 말했다. 태권의 목소리는 내 귀에도 희미하게 들릴 정도였다. 뒤에서 지켜보던 태권의 아버지는 큰소리로 태권에게 더 크게 말하라며 호통을 치셨다. 태권은 몸을 부르르 떨며 내게 큰소리로 다시 사과했다. 그제서야 아저씨는 원장 선생님께 목례를 하고 발걸음을 차로 바쁘게 옮겼다. 선글라스 아저씨는 허겁지겁 태권이를 챙기고선 승용차로 데려갔다. 태권은 차에 올라타고 떠나기 전까지 계속 석태와 나를 번갈아 가며 노려보고 있었다.

나는 석태를 살며시 훔쳐보았다. 평소에 말이 없고 조용하던 아이가 가장 중요한 순간에는 내 수호신이 되어 주었다. 가슴이 콩닥콩닥 뛰었다.

여기까지가 석태 그 아이와의 운명 같은 첫 만남이었다. 그 이후론 석태를 볼 수가 없었다.

♯

입양을 희망하는 부모들이 가끔씩 찾아올 때면, 나는 서울에 사는 부모들에게만 잘 보이려 애를 쓰곤 했다. 하지만 내가 계속 성장을 하면 할수록 이미 커버린 아이를 입양하는 가정은 그리 많지 않았다. 어느덧 나는 고등학생이 되었다.

보육원의 아이들도 특별한 장애가 없다면 일반인 아이들과 똑같은 학교를 다닌다. 보육원 출신이란 사실이 대외적으로 공개되진 않았지만, 신기하게도 누구나 다 알고 있었다. 그러다 보니 주변의 친구들이 적을 수밖에 없었다. 대부분 같은 시설 아이들은 학년의 높고 낮음을 떠나서 서로를 챙기며 어울리게 된다.

그러다 입양을 가게 되는 아이들도 있고, 부모를 뒤늦게 찾은 아이들은 갑자기 보육원을 떠나기도 한다. 나도 부모를 애타게 찾고 있었다. 언젠간 찾아올 거란 희망 하나로 힘겨운 삶을 견디며 살아가고 있었다. 그렇게 오랜 시간을 버티면서 꼭 친부모가 아니라도 좋으니 누군가가 나를 데려가 주길 애타게 바라왔다.

난 하루빨리 이곳을 벗어나고 싶었다. 그래서 입양을 하러 오는 부모들을 위해 억지웃음을 짓는 것이 습관이 되었다. 마치 웃어야만 하는 불치병을 갖고 태어난 아이처럼 말이다.

보육원에는 나와 같은 학년의 아이들은 존재하지 않는다. 대부분 한창 귀엽고 예쁘고 어린 나이에 양부모들에게 입양되어 떠나버린다.

나는 쓸쓸한 하루하루를 보내고 있었다. 보육원에 머물고 있는 시간이 따분하게 느껴질 나이가 됐을 무렵, 나는 아무런 이유도 목적도 없이 어디론가 떠나는 여행의 시간을 갖곤 했다.

보육원을 나와 지하철역으로 향했다. 서울로 가면 그 아이를 만날 수 있을까? 오전에도 지하철 안은 많은 사람들로 붐볐다. 주로 노인들과 직장이 없는 젊은이들로 북적였다. 그중에 눈에 띄는 사람이 있었다. 엄마와 아들인 것 같았다. 그들을 유심히 관찰해 봤다. 덩치가 비교적 큰 남자는 반투명한 안경을 쓰고 있고, 손에는 나무막대와 비슷한 물건을 들고 있다. 앞이 안 보이는 맹인인 것 같았다. 옆에는 나이가 일흔이 넘어 보이는, 브로콜리 같은 파마머리를 한 여성이 보였다. 아마 어머니가 아닐까라는 생각을 했다. 남자의 왼손은 그녀의 어깨 위로 올라가 있었다. 익숙하고 자연스러운 모습이었다.

남자는 환승역에서 내리며 어머니의 양쪽 어깨에 두 손을 올리고는 총총거리며 걷는다. 참 보기 좋은 모습이지만 한편으론 마음이 몹시 짠했다. 만약 어머니가 없다면 저 남자의 하루는 어떨까? 그럴 자격조차 없는 나는, 쓸데없는 오지랖을 부려본다. 어찌 보면 외톨이인 나보다 나은 삶을 살고 있는지도 모르는데 말이다.

지하철역 밖으로 나오니, 역 앞에서 어려 보이는 아이가 김밥을 팔고 있었다. 출출하긴 했지만 허기지진 않았다. 잠시 고민하다 묘한 감정을 느끼며 아이에게 다가갔다.

"얘, 김밥은 얼마니?"

아이는 나를 물끄러미 쳐다보며 아직 덜 익은 체리 같은 작고 귀여운 입술을 씰룩거린다. 입술이 열리는 속도를 보아 지금까지 말 한마디 못하고 서 있었던 모양이다. 내가 첫 손님인 듯했다. 생각보다 많은 양의 김밥이 수북이 쌓여있었다. 수줍음이 많은 아이가 많이 남은 저 김밥을 다 팔 수 있을까? 괜한 오지랖을 또 부려본다.

"하… 한 개에… 천오백…원요."

"아, 그렇구나. 그럼 10개만 주겠니? 친구들이랑 같이 먹어야 하거든."

보육원에서 살아온 내게 친구가 있을 리 없다. 아이는 말없이 준비해온 검은 봉지에 김밥을 담는다.

"만…오천…원이요."

지갑에서 2만 원을 꺼낸 후 아이에게 건넸다.

"저기 한 10분 뒤에 내 친구가 한 명 올 거야. 그때 나머지 금액만큼 김밥을 줄 수 있어? 만약 안 오면 그 돈은 그냥 언니가 부탁하는 수고비로 생각하고, 김밥을 다 팔 동안 내 친구가 오지 않으면 그냥 집에 가. 알았니?"

"저기요!"

김밥을 받고 서둘러 가려는 순간에 수줍어했던 아이가 스스로 먼저 말을 걸어왔다.

"어…떻게… 생…겼어요?"

아이가 참 똑똑하고 착한 것 같았다. 그냥 대충 듣고선 그 돈을 꿀꺽할 법도 한데 끝내 누군지를 내게 물었다.

사실 친구는 오지 않는다. 도움을 주고 싶은데 행여나 아이가 동정을 받는 느낌을 받을까 봐 일부러 거짓말을 했던 것이다. 동정을 받는 게 어떤 기분인지 누구보다 잘 알고 있기 때문이다.

"흠… 글쎄, 엄청 이쁜 얼굴이야. 아이유? 혹시 아이유 아니? 아마 그 정도로 이쁜 언니야. 옷은… 아마 두꺼운 패딩을 입고 있을 거야. 어때? 쉽게 알아보겠지? 그럼 부탁 좀 할게. 안녕."

서둘러 자리를 떠났다. 말도 안 되는 소리였다. 생각나는 가장 예쁜 여자가 누굴까? 생각을 해보니 평소에 좋아하던 연예인이 떠올랐다. 꼬마 아이의 눈높이에도 과연 예쁠지는 미지수이다. 그런 사람이 올 일도 없을뿐더러 여름에서 가을로 넘어가는 9월에 과연 패딩을 입는 사람이 있을까? 바보 같은 대답이었다. 혹시라도 비슷한 사람에게 김밥이 전해지는 걸 막기 위한 거짓말이었다. 너무 막무가내로 어설픈 거짓말을 한 것 같다는 후회도 들었다. 하지만 마음은 뿌듯했다. 문득 떠나간 동생들이 그리웠다.

♯

내가 열여덟 살이 되던 해에 원장님은 나를 원장실로 따로 부르셨다.

"초롱아. 며칠 전 네 친 아버지를 찾았어. 직접 찾아오셨단다. 친부 여부를 확인하느라 이제야 네게 말하는 거야. 축하한다."

난 놀랍기도 하고 한편으론 두렵기도 했다. 이게 대체 무슨 일인가. 막연하게만 생각했던 친부모와의 만남. 제일 민감한 시기였던 내 나이 열여덟 살에 새롭고 낯선 환경으로 떠나야 했다.

얼마 후, 내게 찾아온 아빠라는 사람은 그동안 내가 상상해온 모습과는 많이 달랐다. 그 사람은 내게 웃으면서 이름을 불러 주었는데, 내 진짜 이름은 이소미라고 했다. 보통 부모가 함께 와서 아이들을 데려가는데 엄마의 모습은 보이질 않았다. 아빠가 말씀하시길, 엄마는 많이 아프다고 했다.

보육원을 떠나 처음 엄마를 만나러 간 곳은 비교적 큰 병원이었다. 엄마는 산소 호흡기를 24시간 입에 물고 있었다. 세상의 모든 풍파를 혼자만 견뎌온 것처럼 또래 나이보다 더 늙어 보였다. 메마른 식물의 줄기만큼 뼈만 앙상하게 남은 팔에 주삿바늘이 들어가 있다는 게 신기할 정도였다.

한동안 병실에 앉아 물끄러미 엄마를 바라볼 때면 나와 많이 닮았다는 걸 느꼈다. 혈육이란 건 이렇게 아무 말 하지 않아도 서로가 끌린다는 걸 처음 알았다. 어려서부터 엄마를 만나면 많은 이야기들을 해주고 싶었는데, 아빠가 말하길 앞으로는 엄마와 대화를 할 수가 없다고 했다. 함께 만들어 온 추억이 없어서인지 슬픔보다 애잔함이 밀려왔다.

아빠와 살게 된 곳은 주소상 서울 강남이었지만, 지역구에서도 끝자락이었기 때문에 비교적 한적한 곳이었다. 아빠는 나를 자신의 호적으로 올려주면서 주소 이전까지 해주었다. 학교를 전학 가기 전까지 나는 대부분 병원에서 엄마와 시간을 보냈다.

밤이 돼서야 집으로 돌아갔고 보육원이 아닌 집에서 처음으로 잠을 자게 되었다. 내 방이란 것도 태어나 처음 갖게 되었다. 낯선 곳에서의 첫날이라 그런지 잠을 설치고 있었다.

새벽 무렵 무심코 잠에서 깨어났을 때 나는 상당한 공포감을 느꼈다. 아빠는 우두커니 서서 나를 지켜보고 있었다. 난 소름이 돋았고 너무 놀라 아빠에게 말했다.

"지금 뭐하고 계세요?"

아빠는 당황하지도 않고 너무나 태연하게 내게 말했다.

"응. 소미 네가 이렇게 집에 있으니 너무 좋아서, 항상 집안이 외롭고 공허했는데 네가 함께라서 행복하다."

훤히 드러나 보이는 내 속살을 본능적으로 이불을 끌어안아 감췄다.

"아… 네. 그래도 이렇게 불쑥 방 안에 들어오는 건 좀 그래요… 저는 어린애가 아니잖아요."

"그래. 미안하다. 다음부턴 안 그럴게. 아무튼 잘 자라."

아빠는 방문을 닫고 조용히 나가셨지만 왠지 모르게 신경이 쓰이고 불안해서 잠을 잘 수가 없었다. 조용히 일어나 방문을 잠그고 나서야 잠이 들었다. 첫날은 그렇게 지나갔다.

아빠는 출근을 하시면서 조만간 학교 전학 문제를 처리하자고 하셨다. 나는 알겠다고 하고 엄마가 계신 병원으로 갔다.

병원에서 누군가를 간호한다는 것은 힘들고 따분한 일이었다. 그렇게 무료한 시간을 보내고 있을 때, 병원과는 아주 동떨어진 화려한 옷을 입고 선글라스를 낀 한 여자가 들어왔다. 나는 그 여자가 병실에 있던 주변의 다른 환자의 손님일 거라고 생각했다. 그런데 여자는 엄마가 있는 곳으로 다가왔다.

"누구니 넌?"

묘한 기분이 들었다.

"저는 소미인데요. 누구세요?"

여자는 선글라스를 벗고는 들고 있던 고급 명품 가방에 선글라스를 넣었다. 그리고 다시 내게 물었다.

"소미? 네가 정말 소미니?"

뭔가 잃어버린 장롱 속 돈다발을 찾은 것처럼 여자는 반갑게 나를 안아주었다. 코가 찡할 정도로 짙은 향기가 났지만, 향은 매우 좋았다.

"누… 누구신데요?"

잘 정돈된 네일로 가꾸어진 두 손으로 내 얼굴을 감싸며 말했다.

"그냥 이모라고 불러. 드디어 널 찾았구나"

이모라는 여자는 나를 이끌고 병실을 나와 1층에 있는 커피숍으로 갔다. 제법 쌀쌀한 가을 날씨 탓인지 이모는 뜨거운 아메리카노와 밀크티를 주문하며 "학생은 커피 먹으면 머리 나빠진다."라고 말했다. 또 이모는 내게 엄마에 대한 놀라운 이야기를 해주셨다.

엄마는 아주 힘든 어린 시절을 보냈고 성인이 된 이후부터 술집에서 일을 했다고 한다. 술집에서 서빙 정도 했겠거니 생각하며 듣고 있었는데 그게 아니었다. 손님을 상대하는 직업이었다고 했다. 그러다 젊은 나이에 나를 임신하고 고민 끝에 낳았지만, 경제적인 이유로 보육원으로 보냈다고 한다. 어느 정도 시간이 지나면 사정이 좋아질 거란 생각에 열심히 일했지만 반대로 빚만 계속 쌓여 갔다고 한다. 그 세계가 그런 곳이라고 덧붙였다.

나는 알고 싶지도 알 수도 없었지만, 내가 왜 보육원에 맡겨졌는지를 그제서야 알게 되었다. 나는 궁금했다. 그런데 왜 엄마는 이렇게 되었을까? 내 표정 때문인지 이모는 또 다른 말을 해주셨다.

나를 임신하기 전 아빠는 엄마의 단골손님이었고 관계를 가질 정도로 가까운 사이였다고 했다. 아빠의 자식일지도 모른다는 엄마의 말에 둘은 동거를 하게 되었다고 한다. 동거를 하면서도 엄마는 유흥 일을 계속 해왔다고 한다. 아빠도 크게 말리진 않았다고 했다. 지금 내 상식으로는 이해할 수 없는 일이었다. 내가 아빠의 친자식이 아닐 수도 있다는 생각을 하게 됐다.

그 후 어찌 된 일인지 엄마는 계속 야위어만 갔고 결국엔 이렇게 병원 신세까지 지게 되었다고 했다. 그 세계에선 아무리 힘들어도 절대 손을 대면 안 되는 약물을 하게 되면서 지금의 상태까지 악화되었다고 이모는 안타까워했다. 그러면서 아빠라는 사람은 아주 나쁜 인간이란 말도 해주었다. 구체적인 증거는 말할 수 없지만, 쓰레기 같은 인간이라면서 몸조심하라고 말씀하셨다.

그렇게 한 시간 정도 대화를 하고 나에게 오만 원권 다섯 장을 주시며 학용품이라도 사라고 하셨다. 병원 로비를 런 어웨이 삼아 길쭉하고 볼륨감 있는 몸매를 뽐내고 멋진 하이힐 소리를 또각또각 내며 이모는 떠나가 버렸다.

남은 밀크티를 들고 병실로 올라가려 자리에서 일어났다. 조금 걷다 보니 엘리베이터 옆에 응급실이 있었다. 나는 호기심에 바라보았다. 평화롭던 병원 로비와는 다르게 사람들은 시종일관 바쁘게 움직였다.

"죄송합니다. 좀 비켜주세요."

내 옆으로 나와 비슷한 또래의 남자아이를 업고 허겁지겁 응급실로 뛰어가는 아저씨의 목소리가 들렸다. 곧바로 지나는 길을 비켜주었다. 어디선가 많이 본듯한 얼굴과 목소리였지만 나는 다시 병실로 올라갔다.

♯

    며칠 후, 아빠는 전학을 갈 학교로 나를 데려가셨다. 내가 다녔던 학교보다 학생 수나 규모가 훨씬 큰 학교였다. 교장실로 가는 복도에는 학교를 빛냈던 학생들이 액자로 걸려 있었다. 아빠의 부름에 나는 교장실로 들어갔다. 이곳에서 잘 적응을 할진 모르겠지만 이제 나는 혼자가 아니다. 그동안 부모 없이 무시를 당하며 다니던 학창 시절은 잊어버리기로 했다.

    한껏 들뜬 마음에 기다리던 학교생활은 얼마 후, 엄마의 죽음으로 허무하게 끝이 났다. 함께 한 추억도 없고 말 한마디도 못 나눠봤지만, 이젠 육신조차 볼 수 없게 된 엄마의 죽음은 나에게 힘든 시련을 안겨줬다. 어린 시절 내가 좋아하던 인형을 잃어버려 몇 날 며칠을 한없이 울던 다섯 살 보육원 초롱이처럼 나는 오랜 시간 슬픔에 잠겼다.

    "아빠, 나 지금은 학교를 못 갈 것 같아요."

    아빠는 학교와 상의해서 당분간 집에서 홈스쿨링을 하기로 했다.

    엄마가 돌아가시고 반년쯤 되었을 때 봄이 찾아왔다. 쌀쌀한 날씨는 따사롭게 변해버리고 벚꽃들은 조용히 만개하여 자신들의 일을 묵묵히 하고 있었다. 마음이 치유됨을 느꼈다. 그때 나는 벚꽃 나무 옆에 놓인 의자에 앉아 대부분의 시간을 보냈다. 바쁘게 지나가는 사람들. 늦은 오후 학생들이 하교를 하고 있었다. 그때쯤 나도 집으로 돌아가는 길이었다.

그런데 김석태 그 아이를 만났다. 언젠간 만날 거란 희망을 품고 있던 아이. 고개를 숙이고 있었지만 스쳐 지나가며 나는 정확히 보았다. 그 아이 가슴에 붙어있던 이름을… 그 아이는 내가 다니는 학교를 다니고 있었다.

집으로 돌아온 나는 아빠에게 서둘러 다시 학교에 가고 싶다고 말했다. 아빠는 내 요청을 흔쾌히 승낙해 주셨다. 다음 날 아빠와 함께 학교로 가서 정식 입학 절차를 밟았다. 지난번 흐릿하게 보았던 교장실 옆 사진을 보았다. 정확히 석태의 얼굴이 걸려있었다.

그날 석태가 하교하는 시간에 맞춰 나는 벚꽃나무 벤치에 앉아 있었다. 고개를 숙인 채 걷는 그의 앞에 내 발을 살며시 들이밀었다.

그것이 우리의 두 번째 만남이었다. 나는 그 순간 행복감을 느꼈다. 석태는 나를 알아보지 못했다. 그에게 장난을 치고 싶었다. 내일. 그래! 우리 내일 만나기로 해….

다음 날 처음으로 학교에 수업을 받으러 갔다. 교실에는 석태가 제일 끝 창가에 앉아 있었다. 나는 그 아이만 바라보았다. 웃음이 절로 나왔다. 석태는 나를 보고 놀란 눈치였다. 그 모습이 귀엽고 사랑스러웠다.

석태는 나에게 항상 투덜댔지만, 그런 모습조차 나는 좋았다. 좋아하는 감정을 매 순간 애써 감췄지만, 나도 모르게 들켜버린 것 같단 생각이 들었다. 어느 날 탈의실에서 옷을 갈아입고 있었는데, 새롬이란 아이가 무리를 이끌고 내게 다가왔다.

"석태한테 꼬리치고 있다는 년이 너냐?"

말은 거칠었지만, 상당히 예쁜 얼굴이었다.

"꼬리친 적 없는데. 무슨 일이지?"

새롬의 예쁜 얼굴도 화를 내니 볼품없이 흉하게 일그러졌다.

"석태는 내 거거든. 어떻게? 지금 네가 하는 말에 따라 네 남은 학교생활이 달라질 텐데. 석태한테 한 번만 더 꼬리치면 여기 보이지? 네 고운 얼굴을 이 아이처럼 찐빵으로 만들어 버릴 테니. 그렇게 알아라."

함께 따라온 썩 예쁘지 않은 아이를 가리키며 내게 위압감을 심어 주었다. 나는 일을 크게 만들기 싫었다. 알겠다고 말하자 새롬이는 무리를 이끌고 다시 밖으로 나갔다. 아무 일 없는 듯 나는 자리로 돌아가 앉았다. 석태는 나를 걱정하는 눈치였다.

나는 매일 학교에 일찍 나와 석태 옆자리에 앉았다. 새롬과 약속은 했지만, 석태와 거리를 두는 게 말처럼 쉽지가 않았다.

그런데 방과 후 집으로 가는 길에 새롬이 일당이 나를 불러 세우고 골목으로 끌고 가 내 주위를 둘러쌌다. 거친 말과 행동이 오고 갔다. 결국 자신에겐 비둘기가 있었고, 석태에게 한 내 행동이 맘에 안 든다는 말이었다. 새롬이는 손을 들어 나를 때리려고 했다. 어린 시절 보육원에서 배워 둔 태권도 기술을 이용해 새롬이를 바닥으로 쓰러트렸다.

당황하던 아이들의 시선이 갈 곳을 잃었을 때, 나는 미친 듯이 도망을 쳤다. 어디든 피할 곳을 찾으며 달리던 내 시야에 담벼락 사이로 낯익은 신발이 보였다. 가던 길을 멈추고 바라본 곳에는 역시나 석태가 있었다. 나와 눈이 마주치고 석태는 내게 무언갈 말하려고 했다. 하지만 그 말을 들을 새도 없이 나는 따라오는 새롬이 일행을 피해 어디론가 쉼 없이 달렸다.

석태가 왜 그곳에 숨어 있었는지 알 수는 없었다. 나를 항상 지켜본 건지 아니면 평소에 하던 짜증스러운 행동이 진짜라서 내가 당하는 걸 방관한 건지 무척 혼란스러웠다.

그런데 다음 날 새롬이 일당이 반으로 찾아왔을 때, 보육원 여름방학 그때처럼 나를 감싸주었다. 나는 그제서야 석태의 진심을 알게 되었다. 석태의 진심은 나를 좋아한다는 걸 말이다. 우리는 서로를 조금씩 알아갔고, 석태는 나의 마음을 받아주었다. 태어나 두 번째로 행복감을 느낀 순간이었다.

석태는 항상 떽떽거렸지만 언제나 나를 무심한 듯 지켜주었다. 우리는 열렬히 사랑했지만, 그날의 지옥 같은 사건은 우리를 끝내 갈라놓았다. 내 얼굴은 괴물이 되어버렸다. 가장 행복했던 그때 세상은 내게 지옥을 안겨주었다. 나는 그 고통을 견딜 수가 없었다. 수많은 시련을 인내해 왔지만, 석태를 사랑하기 때문에 나는 더욱 고통스러웠다. 그리고 매 순간 불안했다. 나를 버렸던 엄마처럼 석태도 나를 버릴까 봐 두려웠다.

아빠는 처음 병원에서 난도질당한 내 얼굴을 보며 슬퍼하셨다. 하지만 그 슬픔은 보통의 슬픔과 다르게 느껴졌다. 나를 위한 슬픔이 아닌 자신을 위한 연기인 듯 보였다.

과거의 어느 날 아빠는 내게 이런 말씀을 하셨다. '소미야, 네가 성인이 되면 대학보단 시집을 가는 게 어떻겠니?' 그 말은 뼈가 있는 말이었다. 어떤 아버지가 자신의 어린 딸을 시집부터 보내려고 할까? 지금은 조선시대가 아닌데 말이다. 이모가 내게 해주었던 말 이후로 나는 아빠에 대해 조금씩 뒤를 캐고 있었다.

아빠는 출근을 하는 것처럼 밖으로 나갔지만 보통 사람들이 다니는 곳으로 가지 않았다. 경마장, 술집, 허름한 건물 등 이곳저곳을 방황하듯 다녔다. 가끔씩 내 또래와 비슷해 보이는 여자아이와 만나는 모습도 종종 볼 수 있었다. 그런 점이 이상했음에도 나는 조용히 침묵하며 지냈다.

그러다 얼굴을 다친 후 병원에 있을 때 아빠는 내가 자고 있는 줄 알았는지 무심코 전화를 받았었다.

"네, 사장님. 잘 지켜보고 있습니다. 걱정하지 마세요."

아빠는 내가 뒤척이는 소리에 놀랐는지 전화를 받으면서 밖으로 급하게 나가셨다. 그 이후 종종 검은 양복을 입은 사람들이 병원을 찾아오곤 했었다. 게다가 그들이 퇴원 후 집까지 찾아오는 경우도 있었다. 이상하게도 아빠는 점점 불안해했다. 그 이유는 전혀 알 수 없었다.

아빠는 우울증에 시달리던 나를 돌보는 일조차 하지 않았다. 오히려 내게 짜증을 부리는 횟수가 늘어만 갔다. 사고로 망가진 얼굴뿐만 아니라 내 인생도 그렇게 죽어가고 있었다. 이런 나를 석태는 지켜줄 수가 없다. 이건 온전히 나의 몫이었다. 이 고통을 석태에게 짊어지게 하고 싶지 않았다.

자살을 시도하려고 수십 번 수백 번을 곱씹어 봤지만, 많은 용기가 필요하단 걸 뒤늦게 알게 되었다. 지금 이런 내 삶에서 학교 수업은 중요하지 않았다. 이미 내 인생은 대학으로도 좋은 직장으로도 결코 회복될 수 없을 만큼 망가져 버렸다.

아빠가 온전한 정신을 갖고 있을 때 나는 자퇴를 시켜달라고 말했다. 아빠는 이를 당연하게 받아들였다. 나를 크게 신경 쓰지 않는 눈치였다. 오히려 나보다는 자신을 더 신경 쓰는 눈치였다.

아빠의 정신 상태는 날이 갈수록 점점 심해지고 내게 화를 내는 날이 많아졌다. 그럴 때마다 나는 더 견디기 버거웠다. 신기하게도 아빠는 검은 옷을 입은 무섭게 생긴 아저씨들이 올 때면, 그날만큼은 예전의 정상적인 사람으로 잠깐 동안 변해있었다. 그때 사고의 트라우마로 나는 집 밖으로 나가는 게 두려웠고, 변해버린 내 얼굴을 보면서 하루하루 정신적인 고통으로 몸부림을 치곤했다.

내가 스무 살 성인이 되던 날, 아빠는 이제부터 나도 돈을 벌어야 한다며 처음으로 나를 지인이 한다는 술집으로 무작정 끌고 가셨다. 거칠게 부여잡은 그의 손아귀의 힘으로 내 팔은 어느새 시퍼런 멍이 들어 버렸다. 나에겐 결정권이 없었다.

도착한 그곳에는 퀴퀴한 담배 연기가 자욱하게 방 안을 맴돌고 있었다. 눈이 시릴 정도로 고약한 냄새 때문인지 무심코 마신 공기에 나도 모르게 기침이 나와 버렸다. 방 안엔 고즈넉한 사각 테이블 위로 영화에서만 봤던 도톰한 시가 담배가 놓여있었다. 내 기침소리에 코를 골며 자고 있던 날카로운 눈을 가진 남자는 땀에 흠뻑 젖은 채로 일어났다. 지하라 그런지 숨을 쉬고 내뱉는 호흡만으로도 텁텁한 맛이 입안 가득히 감돌았다. 그는 썰어 놓은 질 좋은 고기만도 못한 눈빛으로 나를 보며 말했다.

"네가 소미냐?"

처음 보던 그 남자는 나를 이미 알고 있었고 나는 그 질문에 굳이 대답하지 않았다.

"말로만 들었지 이렇게 직접 보니 안 되겠네. 일단 넌 잔심부름이나 해야겠다."

남자는 그렇게 말한 후에, 테이블 위에 놓여있던 아주 오래돼 보이는 수화기를 집어 들고 누군가에게 전화를 했다. 통화가 끝나자 30대로 보이는 마담이라는 여자가 들어왔고, 나를 좁은 가게 골목 끝자락에 있던 허름한 대기실로 데려가 내가 할 일을 알려주었다.

그녀는 겉으로는 아주 화려하고 값비싸 보이는 옷을 입고, 요란한 화장으로 만든 가면을 쓴 채로 제법 그럴싸한 모습을 하고 있었지만, 이곳에 있는 자신을 싫어하는 듯 보였다.

그동안의 삶에 지칠 대로 지쳐버린 건지 미래도 꿈도 없어진 나는, 살기 위해 하루에 8시간씩 설거지와 주방 잡일 그리고 심부름까지 하게 되었다. 하루 종일 녹초가 될 정도로 일하고 쓰러져서 못 일어나면 아빠는 내게 고함을 막 질러댔다.

"네가 지금 당장 나가서 그 얼굴로 무슨 일을 하면서 살아? 이 쓸모없는 년아. 아프면 약 처먹고 내일은 꼭 나가서 일을 해."

어느 날 견디다 못한 나는 술집 주방을 뛰쳐나와 도망을 쳤다. 무슨 일을 하든지 지금보다 더 밑바닥일까라는 생각으로 비밀리에 모아둔 돈을 챙겨 나왔다. 도망을 쳐 나오긴 했지만 나는 갈 곳을 잃어버렸다. 돌아갈 곳도, 있어야 할 곳도 딱히 정해진 곳이 없었다.

검은 양복을 입은 사람들만 봐도 경계심이 생겨버렸다. 첫날은 돈을 좀 아껴볼 마음으로 싸구려 모텔로 들어갔었다. 그래서인지 혼자 들어온 여자임에도 별다른 말없이 직원은 내게 키를 건네주었다.

들어선 방안의 벽지들은 군데군데 얼룩으로 물들어 있었고 색 바랜 침대 시트가 눈에 먼저 보였다. 피곤함에 침대 위에 그대로 뻗어 잠이 들었다.

낮에는 주로 모텔에서 시간을 보냈고 밤이 돼서야 밖으로 나왔다. 일자리를 찾으려 했지만, 아빠의 말대로 이 얼굴로는 몸 파는 일을 빼고 제대로 할 수 있는 일이 없었다. 그 일마저도 사람들은 내 얼굴을 보곤 손사래를 치며 받아주질 않았다.

연어가 강을 거슬러 올라 왔던 곳으로 되돌아가듯 다시 나는 지옥 같은 집으로 돌아갔다. 술집 주방에서의 생활은 내 영혼을 썩게 만들었고, 차라리 이렇게 사느니 죽는 게 좋겠다는 생각까지 하게 됐다.

그날 밤 술에 취한 아빠는 집에 늦게 돌아왔다. 그리고 내 방에 들어와 나를 겁탈하려 했다. 더러웠다. 내 몸에 닿던 아빠의 손길을 뿌리치려 안간힘을 썼다. 아빠는 내 허벅지를 쓸어 올리며 더러운 손가락을 내 속옷 속으로 깊숙이 밀어 넣었다. 역겨운 혓바닥이 내 목을 훑고 지나 턱 끝까지 올라왔다. 난 손을 사정없이 흔들어대며 무기가 될만한 도구를 찾고 있었다. 허공을 휘졌던 손에서 힘이 빠져버리고, 모든 걸 포기할 만큼 내 정신력은 바닥을 치고 있었다. 마침 그때, 딱딱한 감촉의 물건이 손에 잡혔다. 그것은 침대 위에 놓인 유리병이었다. 그걸로 아빠의 머리를 강하게 내리치는 순간, 유리병은 산산이 깨져버리고 아빠는 미친 듯이 소리를 질러댔다. 황급히 몸을 추스르고 아빠에게서 멀리 떨어졌다. 아빠는 피를 뒤집어쓴 짐승처럼 울부짖으며 쳐다만 봐도 베일 것 같은 눈빛으로 나를 노려보고 있었다. 겁에 질린 나는, 바닥에 흩어진 유리병 조각을 집어 들었다.

"가까이 오지 마. 죽여버릴 거야."

화가 난 아빠는 내게로 피를 흘리며 걸어왔다. 미친놈처럼 웃어대며 말했다.

"그럴 용기는 있고? 그래 이년아. 어디 찔러봐."

아빠는 서서히 다가오며 나를 구석으로 몰아세웠다. 나는 죽고 싶었다.

"그래. 차라리 내가 죽으면 모든 게 끝나겠네. 계속 다가오면 확 죽어 버릴 거야."

깨어진 날카로운 유리병 조각을 내 손목에 갖다댔다. 유리 조각이 들린 내 손은 알코올중독자처럼 떨고 있었다. 죽음의 문턱에 선 인간은 본래 이토록 두려운 것일까? 아빠가 지금 당장 내 앞에서 제발 사라져주길 기도했다.

"네년이 죽을 용기라도 있어? 그 얼굴을 하고도 지금까지 이지옥 같은 삶을 부여잡고 살고 있는데? 웃기지 마. 넌 못해."

그 말을 들으니 갑자기 없던 용기가 용솟음쳤다. 나는 손목을 바로 그어버렸다. 그리고 곧바로 의식을 잃어버렸다.

눈을 떴을 땐 병원이었고 내 손목엔 붕대가 감겨 있었다. 살아있다는 안도감도 잠시 아빠가 병실로 들어왔다. 나는 소리를 질러댔다. 간호사와 의료진이 들어오고 나를 진정시켰다. 그렇게 나는 다시 살아났다. 하늘은 왜 나를 살렸을까? 처음으로 용기를 낼 수 있었는데….

시간이 지나고 집으로 돌아온 나를 아빠는 공장으로 보내버렸다. 비교적 쉬운 노동이었고, 규칙적인 생활을 할 수 있어 좋았다. 월급은 꼬박꼬박 아빠의 계좌로 들어갔고 나는 최소한의 생활비만 받았다.

자살 시도 이후, 아빠는 나를 한 번도 건드리지 않았다. 문득 스치는 생각은 술집 주방을 도망간 그때, 아빠는 왜 나를 찾지 않았을까 하는 것이었다. 내가 다시 돌아올 거라는 확신을 한 걸까? 그때 나는 아빠의 표정을 똑똑히 보았다. 혹시 누군가가 나를 감시하고 있을지도 모른다는 생각이 들었다. 그 사실이 궁금했지만 나는 매일 피곤함에 쓰러져 잠이 들었다.

♯

그렇게 7년이 지난 무렵, 지옥이라 생각했던 시간이 지나고 이번엔 진짜 지옥이 펼쳐졌다. 집으로 들이닥친 건장한 남자들이 아빠와 나를 끌고, 승합차에 실어 어디론가 데려갔다.

서울 근교 외진 공장 창고 안에 우리를 가두었다. 쇠로 된 튼튼한 의자를 가져와 나를 앉히고 두 손과 두 발을 단단히 묶었다. 아빠는 내게서 조금 떨어진 반대편 바닥에 무릎을 꿇고 있었다. 외진 곳이라 밖은 칠흑처럼 어두웠지만, 창고 안은 강한 조명의 빛으로 눈이 부셨다.

마침 커다란 창고 문이 열리고 고급 승용차 한 대가 들어왔다. 늦은 밤인데도 선글라스를 낀 운전사가 내려 뒷좌석 문을 열어주었다. 차에서 내린 사람은 고급 양복을 차려입은 나와 비슷한 또래의 젊은 남자였다. 조명의 반사 빛 때문인지 정확히 그의 얼굴을 확인할 수 없었다. 그 남자의 어깨가 조명 빛을 전부 가리고 나서야 얼굴을 희미하게 볼 수 있었다. 흐릿했지만 많이 본 얼굴이었다. 한참을 말없이 쳐다보고 있는 내게 그가 먼저 말했다.

"반갑다. 소미야."

그 사람은 내 이름을 불렀다. 나를 알고 있었다.

"누구야? 내게 왜 이러는 건데? 이러면 안 되는 거 아냐? 이거 불법 감금이라고"

묶인 매듭을 손에 피가 나도록 비벼댔다. 그러자 그가 비열하게 웃고는 나를 똑바로 바라봤다. 그때 사라졌던 기억의 조각이 맞춰져 완성된 퍼즐처럼 명확하게 떠올랐다. 그는….

"이제 기억하니? 나 태권이. 곽태권."

그렇다. 그는 곽태권이었다. 그런데 왜…?

"태… 권? 도대체 왜… 나를…"

말끝은 흐려지고 더 이상 입 밖으로 소리가 나오질 않았다.

"왜? 왜 오늘이란 거야? 아니면 너를 왜 이곳으로 데려왔냐는 거야? 흠… 오늘은 말이야. 좀 특별한 날이거든. 뭐랄까… 공소시효가 끝난 날이거든."

도무지 알 수가 없었다. 공소시효가 끝난 날이 나랑 도대체 무슨 상관인지 알고 싶지도 않았고 단지 묶여서 저린 손이 빨리 자유로웠으면 싶었다.

"그게 나랑 무슨 상관인데? 우리 사이가 좋은 관계는 아니었지만, 그래도 친구인데 이 손은 좀 풀어주면 안 되니?"

태권이는 내 뒤를 지키고 서 있던 사람 중 한 명을 불렀다. 자기 앞에 다가온 남자의 가슴을 발로 세차게 걷어차 버렸다.

"야! 누가 이렇게 꽉 묶으랬어? 어? 이 새끼야. 그래도 내 친구고, 게다가 여자인데, 이딴 식으로 대접을 해?"

바닥에 쓰러진 남자는 하인이 주인에게 용서를 빌듯이 잘못했다는 말을 연신 하고 있었다. 태권이 손짓을 하자 바닥에서 일어나 내게 묶인 매듭을 살짝 풀어 주었다.

"이제 내 이야기를 들을 준비는 됐고?"

"무슨 이야기?"

태권은 손으로 반대편 아빠를 가리켰다. 손가락을 또 까닥하자 덩치 큰 남자가 아빠를 내 앞으로 데려왔다.

"이 새끼 말이야. 요놈이 네 아빠지?"

눈물을 글썽이며 쳐다보는 아빠의 얼굴은 심하게 맞은 듯 퉁퉁 부어있었다. 입고 있던 하얀 와이셔츠는 자줏빛으로 변해 버렸다. 인간쓰레기였지만 마음이 갑자기 뭉클해졌다.

"으응."

"이 인간은 네 친아빠가 아냐. 새아빠라고 해야 되나?"

나는 크게 놀라지 않았다. 어느 정도 짐작은 했었다. 모든 면에서 나와 닮은 것이 전혀 없었고, 이모가 해준 말이 떠올랐다. 하지만 확답을 듣고 나니 오히려 마음은 편안해졌다.

"그래서? 내 친아빠가 아닌 게 너랑 무슨 상관이지?"

이 상황이 오락 프로처럼 재미있는지 태권이는 아주 크게 소리 내어 웃었다. 그리고 고개를 숙여 내 귓가에 대고 조용히 속삭였다.

"왜냐면… 이 인간은 내가 심어 놓았거든. 네 인생에…"

당황스러웠지만 내색하지 않았다. 그런데 그가 이야기를 계속할수록 참을 수 없는 분노로 몸이 계속해서 부들거렸다. 그 떨림이 멈추지 않았다.

17년 전, 보육원에서 나를 도와줬던 석태의 행동으로 바닥에 쓰러지고 놀림거리가 되었던 그날. 태권이는 자존심에 아주 큰 상처를 입었고, 살아오면서 두고두고 자신을 괴롭혔다. 게다가 태권의 아버지는 어린 자신의 뺨을 심하게 내리쳤고, 모두가 지켜보는 가운데 치욕스러운 사과를 하라고 강요하셨다. 그는 인생을 살면서 단 한 번도 그런 초라함과 수치심을 느껴 본 적이 없었기 때문이다. 그동안 손가락만 까딱해도 모든 것이 마법처럼 이루어지고 자신이 원하는 건 마음만 먹으면 전부 소유할 수 있었다.

그런데 그 사건은 자신의 인생에서 유일하게 치명적인 오점이었다. 일반인의 눈으로는 부모에게 빰 한 대 맞는 것이 뭐가 그리 대수롭겠냐는 말을 쉽게 할 테지만, 살아온 환경과 경험은 사람에 따라 많이 달라진다. 태권은 그 사건으로 트라우마가 생겼고 아버지와의 관계에서도 어긋나기 시작했다. 그는 석태와 나에게 복수를 하기로 마음을 굳게 먹었다.

태권은 고등학생이 되자 주소 이전까지 하면서 계획적으로 석태와 같은 학교로 오게 됐다. 석태와 같은 반은 아니었지만 학기 초부터 멀리서 그를 지켜보았다. 가끔씩 학교에서 지나치다 마주칠 때에도 무심하게 지나치는 모습을 보고, 그가 자신을 기억조차 못하는 것에 더 분노가 치밀어 올랐다고 한다. 석태만 보면 그때 바닥에 쓰러져 생긴 상처가 욱신거린다고 말했다.

태권의 아버지는 그에게 아무런 명령도, 간섭도 하지 않았다. 오로지 돈을 좇았다. 돈은 곧 권력이 된다. 태권은 자본주의 사회에서 가장 큰 무기인 돈이라는 광선검을 들고 맨손으로 덤벼드는 밑바닥 서민들을 쥐락펴락하는 법을 일찍 깨우쳤다. 아무도 찾지 않던 죽어가는 내 엄마를 찾아서 그의 동거인이던 지금의 아빠인 쓰레기 같은 인간에게 나를 데려가 키울 것을 제안했다. 아빠는 당연히 처음엔 거절했지만, 자본주의의 광선검을 꺼내 든 태권은 큰돈을 지불하겠다고 그를 유혹했다. 그동안 경마와 도박, 유흥으로 방탕하게 생활하며 빚이 많았던 아빠는 낚싯

줄에 걸린 욕심 많은 메기처럼 그 제안을 덥석 받아들였고, 태권의 계획대로 그와 석태가 다니는 고등학교로 나를 전학오게 만들었다.

태권의 이야기를 들으면서 의구심이 들었다. 왜 그는 좀 더 빨리 이 계획을 실행하지 않았을까. 그런데 태권이는 마치 내 마음을 읽은 것처럼 그 이유를 설명해 주었다.

이 계획은 아주 치밀해야 했다. 기회는 단 한 번뿐이므로 선불리 움직였다 실패할 수도 있다는 생각에 신중하게 접근했다. 그리고 대한민국에서 가장 중요한 시기인 고3이 될 때 좌절감을 심어주어 더 큰 불행을 안겨주고 싶었다고 말했다.

오래전부터 새롬이가 석태를 좋아하는 걸 알고는 그녀와 우식의 관계를 교묘하게 이용해서 나를 괴롭히게 만들었다. 과거의 기억으로 분명히 석태는 나를 도울 거라는 확신을 한 태권은 그동안에 석태의 성향을 2년 동안 꾸준히 파악해뒀다. 심리 전문가를 돈으로 채용하면서까지 말이다.

태권의 계획대로 보육원 나무 그늘 아래에서 벌어졌던 그날처럼, 상황은 맞물린 톱니바퀴처럼 그의 뜻에 딱 맞게 흘러갔고, 나와 석태는 결국 서로 사랑하는 사이가 됐다. 그렇게 가장 행복한 순간에 태권은 사람을 시켜 내 얼굴을 지금처럼 괴물로 만들었다.

더 충격적인 사실은 내 얼굴을 괴물로 만든 범인이 보육원 시절 나보다 두 살이나 많은 비열한 홍기였다는 사실이다. 그는 성인이 되고 나서 태권을 찾아와 자신의 손발이 되어주겠다고, 뭐든지 시켜만 주면 다하겠다는 다짐을 했다고 한다. 학교가 끝나는 시간 이후에도 홍기는 시시때때로 석태를 감시하고 태권에게 보고까지 해왔다.

그리고 결국 나에게 씻을 수 없는 범죄를 저지르고 만 것이다.

그 일로 나는 모래성이 썰물에 휩쓸려 무너지는 것처럼 내 인생을 망쳐버렸다. 석태는 그런 나를 보며 고통스러워했고, 태권은 이 모든 것을 지켜봤다. 태권은 석태에게 물리적인 고통보다 정신적인 고통을 주는 것이 더 가혹한 형벌이라 생각했다. 석태가 우식과 대결 도중 폭력보다 더 깊게 베인 말 한마디로 상처를 준 것을 자신도 따라한 것이었다. 석태에게 엄지를 치켜세우던 그 모습은 나도 희미하게 기억이 났던 순간이었다.

한순간에 빼앗겨 버린 행복을 견딜 수 없던 나는, 결국 학교를 그만두게 됐고, 아무에게도 알리지 않고 내 존재를 감춰버렸다. 물론 내 의지는 아니었다. 석태에게 마치 내가 쓴 편지처럼 꾸며내어 나를 찾지 말라고 한 것도 태권의 치밀한 계획이었다.

학창 시절 내가 쓴 정리노트가 없어져 한참을 찾았던 기억이 불현듯 떠올랐다. 그때는 한두 시간이 지난 뒤에 다시 책상 서랍에서 찾았기에 대수롭지 않게 넘겨버렸다.

나는 우울증으로 매일 고통받았다. 법적으로 상해는 공소시효가 7년이고 전날이 바로 공소시효가 만료된 날이었다. 아빠라는 인간을 이용해 7년 동안 나를 감시하며 술집과 공장에서 오랜 시간 고통받게 했다. 그런데 예상치 못한 순간, 아빠는 술기운에 나를 겁탈하려 했고, 급기야 나를 자살까지 몰고 가게 된다. 태권은 나를 살리고자 해서 살린 게 아니다. 나와 석태에게 더 지옥 같은 고통을 주기 위해 내 목숨을 살려낸 것이다. 벼랑 끝까지 몰린 내가 행여나 또 자살을 시도할까 봐 4년간 공장에서 조용히 일하게 했다. 바로 오늘을 위해서 말이다. 태권은 공소시효가 끝난 지금에서야 나를 아빠와 함께 이곳으로 데려왔다고 했다.

태권은 마치 지금까지의 이야기를 성공담처럼 내게 들려주었다. 그를 죽이고 싶었다. 지금 당장 칼이라도 쥐어준다면 태권의 목을 따고 싶었다. 몸을 갈기갈기 찢어 버리고 싶었다.

♯

"어때? 이제 좀 감이 오시나? 저 멍청한 변태 새끼만 아니었어도 널 술집 주방에서 좀 더 고통받게 할 수 있었는데 말이야."

가지런한 이빨을 드러내며 태권은 나를 보고 크게 웃었다.

"자! 이제 네 아빠. 아니 새아빠는 말이야. 더 이상 필요가 없단 말이지. 그래서 쥐도 새도 모르게 담가버리려고 하는데, 네 생각은 어때? 죽일까? 아니면… 살릴까?"

태권의 말에 멀리서 바라보던 아빠가 소리쳤다.

"살려주세요. 나보다 저년을 죽이는 게 더 좋은 거죠. 안 그래요? 저는 아직 쓸모 있는 인간이잖아요. 사장님! 목숨만 살려주세요. 하라는 대로 지금처럼 아니 앞으로 더 잘 하겠습니다. 저년이 나쁜 년이에요. 맞잖아요."

나는 더 이상 생각할 가치도 없다는 듯 진심을 내뱉어 버렸다.

"더러운 새끼. 죽여버려. 저런 인간쓰레기는 죽어야 해. 난 아무렇지 않거든. 이 세상에서 하루살이 한 마리 죽인다고 달라질 건 없어. 없애버려. 이왕이면 네가 할 수 있는 가장 잔인한 방법으로 갈기갈기 찢어 버리란 말이야."

"그래? 그렇다면 이놈을 죽이는 게 좋을 것 같기도 하고 말이야."

태권의 말이 끝나자 아빠라는 인간은 내게 개처럼 기어 와 울부짖었다.

"소… 소미야. 미안하다. 내가 잠시 미쳤었나 봐. 내가… 그래도 너를 여태껏 키워 왔는데 나를… 이렇게 보내는 게 말이 되니? 아니야. 그래. 나는 쓰레기지만 너는 그런 애가 아니잖아? 네가 살인자가 되면 안 되지. 미안하다. 제발 한 번만 살려줘. 응?"

토악질이 나왔다. 저도 인간이라고 살기 위해 몸부림치는 게 역겨웠다. 얼굴에 침을 뱉었다.

"죽여버려. 저 새끼 죽이라고."

나는 이 순간 태권과 똑같이 악마가 돼버렸다.

"에이. 진정해. 만약 이 인간이 죽는다면 넌 정말 살인자가 될 텐데? 살인 청부자인가? 아니, 방관자인가? 만약, 이 사실을 석태가 알게 되면 어떨까? 네가 사랑하는 김석태 말이야."

석태의 이름이 태권의 더러운 입을 통해 나온 순간 나는 미친 년처럼 소리를 질러댔다.

"아악! 차라리 날 죽여. 그러면 되겠네. 이제 할 만큼 했잖아. 내 인생 이렇게 밑바닥까지 끌어내렸으면 그걸로 된 거 아니야? 얼마나 더 해야 후련한데? 네가 먼저 말해봐. 내가 더 이상 어떻게 하길 바라는 거야?"

눈물이 왈칵 쏟아져 내렸다. 내 마음까지도 점점 감당하기 힘든 괴물로 변해가는 나 자신이 한심했다. 태권은 내 선한 마음의 틈바구니를 비집고 들어와 마지막 남은 석태의 인생도 끝내려 하고 있다. 태권은 태연하게 담배를 물고 불을 붙였다. 담배 연기는 내 얼굴로 고스란히 뿜어졌다. 고개를 좌우로 저었다.

"그럼 이건 어때? 모든 걸 다 끝내는 조건으로 네 손가락을 하나 기념으로 자른다면, 이 인간도 살려주고 너도 자유로워지고 말이야. 대신 내가 이거 하나는 약속할게. 뭐 대단한 건 아니지만, 너에게 직장도 구해주고 손가락에 대한 적당한 보상도 해줄게. '이것으로 너의 모든 죄를 사하노라…' 어때?"

용서? 악마 같은 인간이었다. 눈앞에 있는 태권은 그야말로 인간의 탈을 쓴 악마 새끼였다.

"손가락 하나면, 정말 이 모든 게 해결되고 네 기분도 풀리는 거야? 묵은 네 감정도? 그러면, 그렇게 해. 우리 악연을 이걸로 끝내자."

나는 생각했다. 손가락이 하나 없는 삶이 지금의 인생보다 더 좋아질 거란 건 확실하다. 오히려 하나를 자른다니 다행이라 생각했다. 내겐 선택의 여지가 없었다. 죽을 게 아니라면 이 상황을 받아들여야만 했다. 그런데 왜 하필 손가락이지? 내 말을 듣고 태권이 갑자기 손뼉을 크게 쳤다.

"브라보! 대단한데? 역시 너란 년은 그 아름다운 얼굴 뒤에, 지금의 네 얼굴처럼 괴물 같은 독한 마음을 품고 있었구나. 그러게 그때 왜 그랬어? 그냥 네 이름을 알려주었으면 이런 개 같은 일도 없었을 거 아냐? 7년! 자그마치 7년이라고 이년아! 오늘이 오길 얼마나 기다렸는지 알아? 아~~~악."

태권은 짐승처럼 포효했다.

내 뒤를 지키고 있던 남자들이 손의 매듭을 풀어 주었고, 이윽고 내 팔을 양쪽으로 펼쳐 강하게 부여잡았다. 튼튼한 삼각대처럼 팔은 양쪽으로 고정되었다. 내 앞으로 커다란 가위를 들고 선글라스를 낀 남자가 성큼 다가왔다. 이 사람은 17년 전 태권과 보육원으로 함께 왔던 그때의 기사 아저씨와 많이 닮아 보였다. 그는 나와 눈을 마주치려 하지 않았지만, 그 남자는 아니었다.

남자는 내 왼손을 벌려 날카로운 가위의 날 사이로 내 새끼손가락을 끼워 넣었다. 내 몸은 본능적으로 부들부들 떨렸다. 묶인 다리도 꿈틀대기 시작했다. 소변이 나올 것처럼 심하게 몸이 떨렸다. 내 신체의 일부가 영원히 떨어져 나간다는 생각에 두려웠다. 손가락이 잘리면 다시는 되돌릴 수 없게 된다. 가위를 든 남자는 태권을 바라보며 지시를 기다리고 있었다. 떨고 있는 나의 표정을 태권이 무심하게 바라봤다. 태권은 처음 내게 이름을 물어봤던 그날처럼 비열한 표정을 짓고 있었다. 태권의 감정은 뭔가 나를 향한 애증 같기도 했다.

나와 눈이 마주치자 태권은 짧게 고개를 끄덕였다. 날카로운 가위날이 지나온 인생의 파노라마처럼 내 눈에는 서서히 다가오고 있었다. 심하게 요동치던 몸에선 물이 새어 나와 입고 있던 팬티를 흥건히 적셔 버렸다. 눈이 질끈 감겼다.

"까악!"

바로 기절을 했는지 눈을 떠 보니 병원이었다. 흘린 눈물이 말라붙어버렸는지 눈을 완전히 뜨기조차 버거웠다. 눈가에 진득하게 고인 눈곱 같은 액체는 눈꺼풀의 움직임으로 거미줄처럼 겹겹이 늘어났다. 벌집 모양의 렌즈를 씌워놓은 것 같이 시야가 매우 탁한 느낌이었다. 몸에는 감각이 있었지만 힘이 들어가지 않았다. 다만 손끝이 욱신거리고 강하게 시려왔다. 꿈이 아니었다. 고개를 힘겹게 곧추세워 흐리멍덩한 눈으로 내 손을 바라보았다. 처음부터 손가락 네 개를 달고 태어난 사람처럼 새끼손가락은 사라져 있었다.

사람이 장애를 안고 산다는 건 어떤 느낌일까? 비록 손가락하나지만 더 큰 장애를 가진 사람과 나는 사실 다를 게 없었다. 어차피 사람들이 우리를 바라보는 시각은 다 똑같기 때문이다. 내 정신 상태는 완전히 무너져 버렸다. 사람들이 나를 흘끔거리며 쳐다볼 거라는 사실이 못 견디게 싫었지만, 무엇보다 이런 나를 아무도 사랑해 주지 않을 것 같아서 너무나 괴로웠다. 만약, 석태라면… 석태는 이런 내 모습까지 사랑해 줄 수 있을까? 시간이 갈수록 나는 미쳐가고 있었다.

얼마 후, 담당 의사는 내게 외상후 스트레스 장애와 정신적으로 매우 불안한 상태라고 진단했다. 그로 인해 나는 정신병원에

입원하게 됐다. 그곳의 환자들은 자신이 만들어 놓은 세상 속에서 살아가는 듯 보였다. 멍하니 의자에 앉아 있거나 하루 종일 가만히 서서 주문을 읊조리고 있었다. 영혼과 육체가 분리된 것처럼 눈동자는 한곳만 바라보고 있었다. 그에 비해 나는 상당히 이성적인 환자라는 생각을 하게 됐다.

2년이란 시간이 흘러 퇴원을 할 무렵 맡겨 놓은 핸드폰이 때마침 울려댔다. 수화기 너머 누군지 모를 낯선 사람이 내게 말했다. 그동안 내가 살았던 집을 떠나서 회사와 비교적 가까운 곳에 살게 된다고. 또 내가 다닐 회사는 영등포에 있는 CS 아웃소싱 회사라고 말해 주었다. 전화를 건 남자가 누구인지 묻고 싶지도, 알고 싶지도 않았다. 출근까지 남은 기간은 일주일. 나는 그렇게 '쓸모없는 인간'이 되었다.

♯

옛 생각에 빠져 있다 보니 어느덧 목적지에 도착했다. 지하철 역에서 5분을 또 걸어가 회사 안으로 들어갔다. 첫 출근이라고 입구까지 마중을 나온 인자한 모습의 팀장님이 보였다. 이미 인사과에서 나에 대한 개인 정보를 들었는지 내 얼굴을 보고도 크게 동요하지 않았다. 그녀는 푸근한 인상으로 그 나이대에 맞는 올리브색 니트에 감색 슬랙스를 입고 있었다. 팀장님을 따라 자리를 옮겼다.

팀장님은 팀원들을 불러 모아 나를 소개해 주셨다. 다들 내 얼굴을 보고 난처해하는 모습이 보였다. 이제는 적응이 되었기 때문에 아무런 감정을 느낄 수 없었다. 회사 특성상 사무실을 돌며 다른 팀 사람들에게도 인사를 해야 한다고 했다. 어차피 겪어야 할 일이라면 미리 겪는 것도 나쁠 게 없었다.

그렇게 나는 또 자리를 옮겼다. 회사에는 여자들이 대부분인데 지금 찾아간 팀엔 남자가 유독 많았다. 인사를 거의 끝마치고 있을 때쯤, 이곳의 팀장님은 방금 걸어 들어온 반대편 남자에게 말했다.

"김 과장, 아침부터 어딜 다녀오나? 일단 인사하지. 다른 팀에 새로 들어오신 이 대리라고 해."

"아… 네. 반갑습니다. CS 기술팀 과장, 김석태라고 합니다."

나는 몸을 돌리고 얼굴의 상처를 감추려 최대한 고개를 숙여 인사를 했다. 고개를 들어 보니 내 앞엔 바로 석태가 있었다. 변함없이 다부진 몸에 큰 키 그리고 선한 눈빛이 보였다. 석태는 이미 나를 알아본 눈치였다. 머뭇거리는 그를 보며 나는 아랫입술을 지그시 깨물었다. 그때 우리가 약속한 비밀 암호를 기억해 주기를 바라면서 말이다.

마지막까지 악마 같은 태권은 나를 영원히 고통받게 할 모양이다. 석태의 행복을 빌어 주고 싶었는데, 결국 석태를 여기서 다시 만나게 되었다. 분명히 이 모든 것을 감시하고 있을 거란 생각에 미치도록 화가 나고 슬펐지만, 눈물이 나질 않는다. 아무리 힘든 상황에서도 이제 나는 울지 않는다. 100년 동안 흘려야 할 눈물을 나는 10년도 채 안되는 짧은 시간에 전부 흘려버렸다. 나는 그동안 괴물에서 악마로 이젠 내가 누군지도 모를 사람이 돼버렸다. 나는 석태를 향해 말했다.

"잘 부탁드립니다. 이소미라고 합니다"

나는 석태를 사랑했다. 이 세상에 태어나 유일하게 사랑했던 사람이다. 우리가 나눈 달콤했던 키스의 기억이 아직도 선명하게 떠올랐다. 지금 석태는 나에게 유일한 첫사랑이자 끝사랑이다. 인간은 매 순간 선택을 한다고 한다. 그 선택은 온전히 자신이 짊어져야 할 마음의 짐이다. 누군가를 죽을 만큼 사랑한다면, 그 감정이 사라지기 전에 먼저 결정을 해야 한다. 사랑이란 마음이 우르르 무너져 그 아름다운 추억까지 깨져버리지 않게 말이다. 너와 나는 언제나 연결되어 있다. 우리가 서로 만날 수 없다면 말이다.

4장.
석태와 소미 이야기

석태와 소이 이야기

"석태 씨."

평소에 친분이 꽤 있던 경영지원 부서의 팀장님이 나를 불렀다.

"네. 팀장님."

"퇴사 처리는 다 했고 퇴직금은 아마 보름 안에 제출하신 계좌로 입금될 거예요. 그동안 너무 수고 많았어. 고생만 하다가 가서 어떡해?"

그녀의 눈은 안쓰러워하는 마음과 아쉬움이 깃든 눈빛이었다.

"괜찮습니다. 고생보다는 제가 좋아하는 사람들과 계속 함께 할 수 없다는 게 제일 마음이 아프네요."

"그래. 석태 씨는 뭐든지 잘하니까 어디서든 잘 해낼 거야."

"감사합니다. 팀장님도 건강하세요."

뻔한 대답이었지만 나에겐 진심이 담긴 말이었다.

막상 날짜가 정해지고 나니 거북했던 위장을 게워내듯 후련한 기분이 들었다. 비로소 5년간 몸담았던 닭장 같은 이 회사와도 마침내 끝이다.

나는 평소 즐겨 보던 조지 오웰의 《동물농장》 속 자유를 찾아 탈출했던 한 마리 닭처럼 그곳을 나왔다.

오늘도 늦은 저녁이 돼서야 퇴근을 했다. 물론 상황이 이렇게 된 건 급하게 결정을 내린 내 잘못이다. 후임자를 위해 유종의 미를 거두는 것도 어찌 보면 당연한 일이다.

소미는 결국 떠나는 마지막까지 나에게 얼굴조차 보여주지 않았다. 하지만 나는 괜찮다. 그녀를 원망하지 않는다. 조금만 기다려, 소미야. 너의 어두운 과거를 내가 꼭 밝혀낼 거야. 너의 슬픔, 고통, 절망까지 지금의 너를 그렇게 만든 인간들을 꼭 찾아낼 것이다.

어둑해진 거리를 밝히기 위해 가로등 조명이 환하게 주변을 밝혔다. 주룩주룩 내리는 빗물은 들고 있던 우산에 부딪혀 음산한 멜로디를 만들고 있었다.

집으로 돌아온 나는 곰곰이 생각을 해봤다. 도대체 소미에게 무슨 일이 있었던 것일까? 먼저 계획을 세워야 한다. 첫 번째, 소미의 아버지를 찾는다. 두 번째, 그녀에게 무슨 일이 있었던 건지 알아낸다. 그다음 뒷일은 그때 가서 생각해 보자.

내 기억으로 소미의 아버지는 그 당시 병원에서 나에게 명함을 한 장 주셨다. 너무 오래된 일이라 정확히 명함 속 내용이 기억이 나질 않는다. 물론 받은 명함도 사라진 지 오래다. 기억하기도 싫은 그날. 사건이 발생했던 그 장소 어딘가에서 유흥 일에 종사했던 걸로 기억한다. 내일은 그곳에서부터 조사를 시작할 것이다.

다음 날 저녁, 망설임 없이 유흥업소가 밀집한 거리로 나섰다. 골목 초입부터 무작정 들어가 그에 대해 묻기로 했다. 약간의 용기가 필요했다. 신분을 확인할 수 있는 사진 등 아무런 자료도 없이, 단지 과거의 흐릿한 기억의 조각들을 억지로 끼워 맞춰야 했다.

소미의 아버지는 지금쯤 아마 50대 중반이 됐을 것이다. 그렇다면 50대의 중년 남자가 있을 법한 장소나 일을 할 수 있는 가게에는 어떤 것들이 있을까? 지금 시간에 젊은 사람들처럼 한가로이 PC방에서 게임이나 하고 있지는 않을 것이다.

또 많은 사람들과 어울리며 시간을 보낼만한 유형의 인간도 아니었다. 내 기억엔 그랬다. 만약 우선순위를 정한다면, 여성이 접객을 할 수 있는 술집이나 노래 주점, 고급 술집 정도가 될 것이다.

처음으로 들어갈 곳은 노래 주점으로 정했다. 노래도 부르며 여성들과 이야기를 주고받는 곳이다. 화려한 간판의 전구들이 불규칙하게 깜빡거렸다. 지상이 아닌 지하층으로 좁은 입구 계단의 기울기로 보아 제법 가파르게 보였다. 술을 파는 가게임을 감안하면, 분명 많은 사람들이 여기서 넘어졌을 게 분명해 보였다. 그도 그럴 것이 입구 곳곳에는 부서진 흔적이 엿보였다.

마음을 다잡고, 첫 스타트를 어떻게 끊어야 할지 생각하니 갑자기 부담감이 밀려왔다. 나는 숨을 길게 들이쉬고 첫발을 내디뎠다. 때마침 쿵쾅거리는 소리를 내며 누군가 계단을 올라오는 듯 보였다. 나는 잠시 쭈뼛거리며 멈춰 섰다.

올라오는 사람의 모습보다 자욱한 담배 연기가 먼저 눈앞에 아른거렸다. 실루엣이 어렴풋이 드러나 보이고 모양새가 누가 봐도 남자로 보였다. 밖으로 나온 그는 상당히 덩치가 컸고 키는 작았지만 다부진 모습이었다. 몸집의 크기만큼 깊은 호흡으로 담배 연기를 풍성하게 내뿜었다. 나는 슬며시 뒷걸음질했다. 그의 눈이 나와 마주쳤고, 그의 시선이 내 몸을 자연스럽게 위아래로 훑기 시작했다. 멀뚱히 쳐다보던 내게 자신의 입안에 머금고 있던 연기를 황급히 내뿜으며 그가 먼저 물었다.

"혼자요?"

그가 나를 손님으로 착각한 모양이다.

"네. 혼자는 안 되나요?"

내 말이 끝남과 동시에 남자는 금세 피우고 있던 담배를 엄지와 검지로 가볍게 쥔 후에 중지로 강하게 튕겨 내었다. 포물선을 그리며 날아가던 담뱃재가 공중에서 산산이 부서져 캄캄한 밤하늘에 마치 반딧불이가 날아다니는 듯 흩어져 버렸다. 남자는 조금 전 '혼자요?'라는 퉁명스러운 말투와 달리 친절한 목소리로 대답했다.

"아이고, 안 되긴요. 당연히 되고 말고요. 어서 들어오세요."

이내 빠른 걸음으로 순식간에 계단 입구까지 달려온 그는 여러 번 내게 손짓했다. 너무 과한 친절에 의구심이 들었다. 속는셈 치고 남자를 따라서 가게 안으로 들어갔다.

가게 내부 인테리어가 은은하게 화려함을 뽐내고 있었다. 야릇한 붉은빛 조명이 내부를 가득 메웠다. 오랜 시간 회사 생활을 하면서도 유흥업소를 와본 적이 없었다. 항상 회식이 끝나면 유독 나 혼자만 집으로 발길을 돌렸다. 그래서 은근한 따돌림, 요샛말로 '은따'를 당했다. 길쭉한 복도 양쪽으로 제법 많은 방들이 보였고, 비교적 이른 시간대라 그런지 손님은 거의 없는 듯했다. 남자가 왜 나에게 과도한 친절을 보였는지 이해가 되었다.

"혼자 일하시나요?"

남자에게 자연스럽게 물었다.

"아뇨. 가게 관리는 제가 하는데 직원들이 따로 있죠."

유독 돌출된 치아를 드러내 보이며 남자는 겸연쩍게 웃었다.

"아, 그렇군요."

나는 짧게 대답했다.

"이쪽으로 오시죠. 이 방에서 기다리시면 저희 직원이 주문을 따로 받으러 올 겁니다."

나는 방 안으로 들어가 직원을 기다렸다. 내가 여기 온 목적은 소미의 아버지에 대한 조사를 하기 위함이다. 마음은 급했지만 이곳 세계에 빨리 익숙해져야만 했다.

꿉꿉한 공기가 코끝을 간지럽혔다. 그러나 기침이 나올 정도로 심한 건 아니었다. 침을 한번 꿀꺽 삼키고 나니 바로 진정이 되었다.

똑똑! 노크 소리가 들림과 동시에 문을 열고 곧바로 여자가 들어왔다. 여자는 내 대답을 기다리지도 않았다. 굳이 노크를 할 필요가 있었을까?

"아! 오래 기다리셨죠? 죄송해요."

여자는 꾸벅 인사를 하고 고개를 들었다. 여자에게서 향기로운 냄새가 났고 지금까지 불쾌했던 방안의 공기가 말끔히 정화되는 느낌이 들었다. 향긋한 냄새가 코끝을 통해 후각신경을 거쳐 대뇌로 전달되었다. 기분이 좋아졌다. 어두운 조명 아래 그녀의 얼굴은《오페라의 유령》의 주인공처럼 반쯤 그늘져 있었지만, 미인임에 틀림없었다. 이건 직감이자 본능이었다.

술집에서 일하는 여자치고는 생각보다 화려하지 않았고, 은은하게 존재감을 뽐내는 고급스러운 스카프와 보기만 해도 비쿠냐(라마의 일종, 지은이)의 털보다 부드러운 듯 살랑거리는 흰 블라우스에, 과하지도 답답하지도 않게 단추 하나만 풀려있었다. 그녀는 무릎 위로 살짝 올라가서 몸에 딱 붙는 감색 치마를 입고 있었다. 여자의 모습은 뭔가 가게와는 어울리지 않는 이질감을 뽐내고 있다. 그녀는 금세 내 곁으로 다가와 옆자리에 앉았다. 능숙한 행동이었다.

"오빠, 혼자 왔어요?"

친화력이 좋은 여자였다. 메뉴판을 내게 건네며 다리를 꼰 상태로 물끄러미 나를 바라보았다. 가까이서 본 그녀는 나보다 나이가 제법 많아 보였다. 그런데도 내게 오빠라 불렀다. 정확한 나이는 알 수 없지만 30대 초반 또는 중반쯤 돼 보였다. 팔자 주름이 희미했다. 침을 한번 꼴깍 삼키고 말을 이어갔다.

"저는 잘 모릅니다. 아무거나 주세요."

여자는 피식 웃었다. 얇지만 또렷한 입술로 그녀가 내게 말했다.

"오빠는 이런데 처음 와보나 봐. 귀엽네."

그녀는 오빠라는 말을 말끝마다 계속하고 있었다. 하지만 오빠든 아빠든 그게 중요한 건 아니었다.

"네. 솔직하게 말하면 처음입니다."

"그럼 잠시만 기다릴래?"

이번엔 오빠라는 말을 생략한 채 여자가 자리에서 일어났다. 그녀의 손목을 급하게 낚아챘다. 갑작스러운 스킨십에 여자가 고개를 획 돌렸다.

"제가 시간이 없으니 주문은 밖에 있는 남자에게 부탁하고, 잠시 저와 이야기 좀 하시죠."

이런 경우는 처음 본다는 눈빛으로 그녀의 눈동자가 또렷해졌다. 오히려 내 남자다운 행동에 심쿵한 느낌이다.

"네? 그러죠."

여자는 밖에 있는 남자를 불러 음식을 주문했고, 다시 내 옆으로 다가와서 앉았다. 그녀의 가슴이 내 어깨에 닿을 만큼 딱 붙었다. 아니 정확히 말하면 부드럽게 닿았다.

"혹시 이 동네에서 일을 하신 지는 얼마나 되었나요?"

여자는 의아한 표정을 지었다.

"오해는 하지 마시고 궁금한 게 있어서 그럽니다."

"오빠. 설마… 경찰이에요?"

"아닙니다. 제가 그렇게 보이나요? 그냥… 프리랜서라고 생각하시면 됩니다."

"프… 프리랜서요? 그게 뭐지?"

보통 영어를 모르는 사람들도 일상생활에서 알게 모르게 외래어를 많이 쓰곤 한다. 프리랜서라는 단어를 모를 만큼 어린 나이부터 학업을 포기하고 이 바닥에서 일을 한 것 같았다. 나는 여자에게 약간의 거짓말을 보태며 누군가를 찾고 있다고 설명했다. 그녀는 생각한 대로 연륜에서 묻어나는 오랜 경력을 갖고 있었다. 여자에게 소미 아버지의 인상착의를 대략적으로 설명하고, 그런 손님을 본 적이 있는지를 물었다. 여자는 내가 설명한 소미의 아버지가 자신이 알고 있는 사람인 것 같다고 말했다.

그는 과거에 이 동네의 한 술집에서 심부름이나 하던, 별 볼일 없는 사람이었다고 한다. 그러나 몇 년 전부터 이 구역을 관리하는 조직원들과 자주 나타났고, 주로 고급 술집을 드나들며 젊은 여자들과 어울렸다고 말했다. 남자가 신분 상승을 한 것이다.

"그래서요? 그 사람은 어디를 가면 만날 수 있나요?"

나는 마음이 급한 나머지 그녀의 말을 잘랐다.

"여기서 나간 후에 큰길을 따라 계속 가다 보면 한국호텔이 나오거든, 거기 지하에 고급 클럽이 있어. 요새 거기에 자주 나타난다고 하던데."

"혹시 그 남자의 이름을 알고 있나요?"

나는 입술이 바짝 말랐고, 그녀에게 시선을 고정한 채 침을 한 번 꿀꺽 삼켰다. 도대체 오늘 침을 몇 번을 삼켰는지 모르겠다.

"흠… 이름이… 만식이. 장만식!"

"장. 만. 식."

드디어 찾았다! 이 가게로 먼저 온 건 신의 한 수였다. 물론 소미의 아버지라는 것에 대한 확신은 아직 없었다.

"감사합니다. 이만 가보겠습니다."

"오빠. 벌써 갈 거야?"

"술값은 내고 갈 테니 걱정 안 하셔도 됩니다."

여자는 잠시 머뭇거렸다.

"아니. 그게 아니라… 오빠 내 타입인데… 또 올 거지?"

그녀는 부끄러운 듯 내게 말했다. 여성으로서 적극적인 구애

를 먼저 한다는 건 쉽지 않은 일이다. 미안하지만, 단칼에 잘라
내야만 했다.

"저는 사랑하는 사람이 있습니다. 어쨌든 이 은혜는 잊지 않
겠습니다."

♯

조금 전 술집에서 만난 여자가 말한 대로 나는 큰길을 따라
무작정 걸었다. 여자가 나한테 거짓말을 한 걸까 싶을 만큼 먼
거리였다. 하염없이 걷다 보니 약간 가파른 언덕이 나왔다. 저
멀리 커다란 빌딩이 보였고, 그곳이 바로 한국호텔임을 직감했
다. 밤은 깊었고 주변은 더 화려해졌다. 가만히 이곳에 서 있기
만 해도, 뭔가 활력이 넘치는 기분이 들었다.

어느덧 호텔 앞에 도착했다. 언덕 때문인지 숨이 살짝 거칠어
졌다. 잠시 숨을 고르자 호텔 문 앞을 지나 클럽 입구가 보였다.
나이트클럽이 아니고서야 고급 모던 클럽 앞에 체격이 좋은 남
자가 지키고 있다는 게 특이했다. 인적이 드문 곳이라 그는 이
미 내가 다가오는 걸 단번에 알 수 있었다. 의도치 않게 서로 눈
으로 신경전을 벌이고 있었다.

남자는 나를 보며 고개를 비스듬히 올려다봤다. 별다른 말은

없었다.

"오늘 영업하나요?"

그 남자도 어김없이 나를 위아래로 훑었다. 도대체 유흥의 세계에서는 왜 모두 겉모습으로 사람을 판단하는 것일까?

"영업은 합니다만…"

남자는 말끝을 흐렸다. 표정이나 말투로 보면 '이곳과 어울리지 않는 사람이니 더 이상 묻지 말고 가시오'라는 듯한 느낌이었다. 이게 바로 입구 컷이란 말인가.

"들어가도 될까요?"

남자는 내 앞에서 전화를 걸었다. 누군가와 통화를 하는데 나에 대한 이야기를 하고 있었다. 거물은 아니라 판단했는지 통화 시간은 그리 길지 않았다. 남자가 내게 말했다.

"손님. 죄송한데 더 이상 손님을 받지 않는다고 합니다."

누가 봐도 이상했다. 손님을 가려 받는 걸 보면 정상적인 곳은 아닌 것 같았다.

"몇 시부터 출입이 가능한가요? 내일은 꼭 오고 싶은데요."

남자는 황당과 당황의 중간쯤인 표정을 지었다.

"내일은 휴무입니다."

뻔한 거짓말이다. 나를 대놓고 무시하고 있었다.

나는 서성거리며 최대한 시간을 끌었다. 그때 마침 가게 앞으로 고급 세단 한 대가 멈춰 섰다. 문이 열리고 뒷자리에서 여자가 내렸다. 나와 여자의 눈이 마주쳤다. 나이가 상당히 많아 보였지만, 꽤 동안인 얼굴이었다.

호텔 주변에 깔린 대리석 바닥을 또각또각 소리를 내며 내게 걸어왔다. 여자가 남자에게 물었다.

"무슨 일이죠?"

별것 아니라는 듯 남자의 어깨가 으쓱거리며 말했다.

"아닙니다. 길을 잘못 찾아온 사람 같습니다."

"그래요?"

여자는 다시 입구로 향했다.

"손님을 안 받는다더니 거짓말이군요."

나는 큰소리로 여자의 관심을 끌었다. 가던 길을 멈추고 여자는 다시 내게 다가왔다.

"처음 보는 얼굴이군요. 이곳은 회원인 사람이나 보증인이 있는 사람만 받고 있어요. 회원은 당연히 아닐 테고… 혹시 보증인이 있으신가요?"

이 여자는 누구일까? 보증인은 없고, 그렇다고 장만식이란 이름을 댈 수도 없었다. 나는 여자에게 물었다.

"실례지만, 이름이 어떻게 되시죠?"

내 질문에 대한 대답보다 그녀의 고개가 먼저 까딱거렸다.

"리아라 부르세요."

"그럼 리아님이 제 보증인이 되어 주시죠."

여자는 내 얼굴을 한 번 더 슬쩍 보더니 한쪽 입꼬리가 미세하게 올라갔다. 그녀에게 매력이라 생각했던 보조개가 유독 깊이 파였다.

"재밌는 분이시네요. 당신 맘에 들어요."

여자는 옆의 남자에게 단호히 말했다.

"이분은 제가 보증을 하죠. 이제 들어가시죠."

남자는 당황한 얼굴이었으나 왠지 이 여자에게 주눅이 든 모습이었고, 막고 있던 입구에서 비켜났다. 무모한 도전이었다. 역시 남자는 자신감이었던가? 어쨌든 성공이다.

고급 클럽은 처음 와보는 곳이었다. 보증인까지 있어야 하는 곳이라 으리으리했다. 가게 안에는 사람들이 은근히 많았고 명품 옷과 액세서리, 가방 등 대부분 재력을 갖춘 사람들이 모여 있었다.

여자들은 남자들의 대화 상대를 하고 있었다. VIP 손님을 위한 방도 따로 준비가 돼있었다. 나란 놈은 절대 들어갈 수 없는 곳으로 보였다. 가게 안 구석에는 입구를 지키던 남자와 동일한 역할을 하는 사람들도 여럿 보였다. 그중 제일 우두머리로 보이는 훤칠한 훈남도 있었다. 빠르게 고개를 돌려 장만식을 찾았다.

혹시나 하는 마음이었다. 그를 오늘 당장 찾을 거란 생각은 하지 않았다. 운수 좋은 날이길 바랄 뿐이다.

"뭘 그렇게 보는 거죠?"

여자가 궁금한 듯 물었다.

"도대체 어떤 곳이길래 사람을 가려 받나 싶어 잠시 둘러봤습니다."

"마음에 두지 말고 이쪽으로 오세요."

테이블에 앉아 있는 사람들은 대부분 나이가 있어 보였다. 또는 돈 많은 누군가의 자식들로 보였다. 평범한 사람들은 바텐더가 있는 불편한 긴 테이블 바에 앉아야 했다. 짐작대로 바가 있는 곳은 비교적 한가한 모습이었다. 하긴 이곳에 앉는다는 건 누가 봐도 돈이 없다고 광고하는 것과 같았다.

역시나 여자는 나를 바가 있는 자리로 안내했다. 자리에 앉자마자 그녀가 물었다.

"이름이 뭔가요?"

내 대답을 기다리며 여자는 그윽한 시선으로 나를 바라보았다.

"김석태입니다."

"이곳엔 어떻게 오신 거죠?"

그녀에게 진실 따위는 무의미했다.

"여자를 좋아합니다."

"네?"

거짓말이었다. 좀 더 살을 덧붙였다.

"연애를 좀 더 적극적으로 하고 싶어서요."

"진심인가요?"

"왜? 안 되나요?"

"아뇨. 이런 곳까지 와서 여자를 찾는다는 게 조금 생소하네요. 단지 즐기는 거라면 모를까…"

"실례가 안 된다면 몇 살이시죠?"

기습적인 질문에 여자의 콧등이 순간 찡긋했다. 당황할 때 나오는 습관처럼 보였다.

"그건 좀 실례군요."

"술은 따로 주문을 해야 하는 건가요?"

일관되지 않은 내 질문에 그녀는 짧게 대답했다.

"위스키 어때요?"

"뭐든 좋습니다."

바텐더에게 위스키 두 잔을 주문하고 우리는 이런저런 이야기를 나누었다. 술을 잘 먹지 못하는 나는, 첫 잔으로 마신 위스키를 제외하곤 줄곧 무알코올 칵테일을 마셨다. 술보다 무알코올 음료가 더 비싸다는 걸 그제야 짐작할 수 있었다. 그녀의 평

크빛 두 뺨을 보니 취기가 오른 듯 보였다.

이제 진실 게임을 시작할 시간이다.

"이곳은 부유하거나 사회적 위치가 어느 정도 있는 사람들이 드나드는 곳 같군요. 그런데 아까 왜 제가 말한 보증인 제안을 받아들이셨나요?"

고민할 거란 내 예상과 다르게 그녀가 말했다.

"제가 뭐 하는 사람으로 보이죠? 그냥 놀러 온 손님? 아니면 직업여성?"

"글쎄요. 다른 건 몰라도 좋은 사람인 건 확실한 것 같습니다."

입가에 미소가 금세 번졌다.

"호기심이랄까? 그냥 말 상대가 필요했죠. 이미 짐작은 한 것 같은데 단도직입적으로 말할게요. 남자들은 나이를 먹은 여자들을 좋아하지 않죠. 언제나 젊은 여자들만 찾게 되는 것이 본능일까요? 저는 나이도 많고, 이 세계에서 오랜 시간 일을 하다 보니 만남을 가져도 전혀 새롭진 않으니까요. 이유야 많겠지만… 뭐 이 정도?"

"그렇군요. 제가 볼 땐 아직도 충분히 매력이 넘칩니다."

사탕발림이었지만 완벽한 거짓말은 아니었다. 그녀는 충분히 예뻤고 매력은 흘러넘쳤다. 다만, 그녀보다 더 좋은 조건의 어린 여자들이 주변에 많을 뿐이었다.

"우린 서로 비긴 셈이군요."

의아한 듯 그녀가 물었다.

"그게 무슨 말이죠?"

"처음 당신이 내게 보증인을 해줬기 때문에 제가 클럽으로 들어올 수 있었고, 당신은 나를 통해서 적잖은 위로를 받은 거니까 우리가 서로 비긴 거라 보는 거죠."

여자는 처음으로 크게 소리 내어 웃었다.

"그런데 말은 좀 편하게 해요. 너무 딱딱해 보이니까."

찰싹~ 그녀의 손이 가볍게 내 어깨를 스쳤다.

"그래서 말인데 이곳에 또 와도 될까요?"

나는 좀 더 나긋하게 말했다.

"걱정돼서 하는 말인데, 지금 마신 그 칵테일이 얼마인 줄 알고 있나요?"

"모르죠. 메뉴판을 본 적이 없어서. 비쌀 거라는 짐작만 하고 있어요."

"제가 말을 안 했군요. 이곳은 첫 술을 마시는 순간부터 시간에 따라 금액이 따로 붙어요. 그리고 술값은 별도로 계산이 되고요. 한 시간만 있어도 큰 금액이 나온다는 말이죠. 일반 샐러리맨이 자주 드나들기에는 쉽지 않은 곳이에요."

그녀의 말은 나를 무시하는 말이라기보단 걱정하는 듯한 느낌이 강했다.

"카드 되나요?"

"물론 되죠. 안 될 리가 있나요."

"그럼 가능합니다."

지금까지 특별히 벌어놓은 돈을 딱히 써 본 적도 없었고, 유흥 생활을 남들만큼 방탕하게 하지도 않았다. 모아둔 돈은 그대로 통장에 차곡차곡 쌓였고, 그래서 신용등급도 높았다. 충분히 대출이 가능했다. 더군다나 곧 있으면 퇴직금도 들어오게 된다. 진실을 찾기 위한 돈은 충분했다.

한편으론 그 말을 왜 지금 하는지, 처음부터 말을 해줬다면 이렇게 오래 머물지 않았을 것이다.

갑자기 그녀의 시선이 입구 쪽으로 향했다. 본능적으로 그녀의 시선을 나도 쫓았다. 손님으로 보이는 남자가 들어왔고, 습관처럼 하는 행동이라 생각했다. 그러나 그 손님은 다른 사람들과 달랐다. 왠지 모를 익숙한 얼굴이었다.

누구였더라… 기억이 흐릿하다.

아, 생각났다. 곽태권!

찢어진 눈매, 날카로운 콧등, 표정의 변화 없이 씨익 웃는 비열한 웃음. 그 웃음을 잊을 수 없었다. 그의 배경은 잘 알고 있었기에 이런 고급 클럽을 다닌다는 건 이해가 된다.

그런데 왜 하필 이곳에서 태권과 만난 것일까? 주변 손님들도 인사를 하는 걸 보면 상당히 오랜 시간 이곳을 드나든 단골일 것이다. 더욱이 아까부터 클럽에서 우두머리라 생각했던 훤칠한 남자가 태권에게 고개까지 숙여 인사했다. 내 앞에 있는 여자조차 태권의 행동을 계속해서 유심히 지켜보고 있었다. 태권의 정체가 궁금했다.

"누군가요? 저 사람은?"

여자에게 슬쩍 물었다. 마치 내가 최면술사가 된 것처럼 정신 줄 놓은 그녀를 레드썬 했다. 그제서야 나를 보며 여자가 말했다.

"이 클럽 사장이요."

"사장…?"

나는 애써 속내를 감췄다.

태권은 구석진 VIP 룸으로 들어갔다. 정확히 방으로 들어가는 건 보이질 않았지만, 가는 길목으로 사라진 건 확실했다.

이때다 싶어 물었다.

"사장은 클럽에 자주 오나요?"

"운영하고 있는 클럽이 많아서 자주는 아니더라도 종종 오죠. 그나마 이 클럽엔 자주 오는 편이죠. 이 지역에 애착이 많아요."

그래. 어린 시절을 이곳에서 살았으니 그럴 만도 한 이야기다. 태권은 뱀의 꼬리에서 결국 용의 머리가 되었다. 적어도 이 지역에선 말이다.

생각지도 못한 만남이었다. 장만식도 이 클럽의 단골이라는데 과연 둘이 만났을까? 만약 만났다면, 태권은 그가 소미의 아버지임을 알았을까? 장만식은 태권이 소미와 고등학교 동창이란 사실을 알았을까? 글쎄. 배경만 놓고 보면 둘 사이의 접점은 없어 보인다. 둘의 관계를 알아보는 것도 계획으로 추가하자. 아무래도 태권과 직접 보는 건 피하는 게 좋을 것 같다. 그와 과거의 악연을 생각하면 손해만 볼 게 분명했다.

"저는 이만 가볼게요. 계산 좀 해주시죠."

처음 만나 보증인이 돼달라고 말한 그때처럼 여자의 눈동자가 한순간 커져버렸다.

"벌써 가나요? 술값으로 내가 너무 겁을 준 건가요?"

"아니요. 연애를 하고 싶은 여자를 방금 만났으니 이미 목표는 달성했군요. 다음에 또 오도록 하죠. 이름이 리아라고 하셨죠? 가짜 이름이 아니라면 기억해 두죠."

"본명은 채지은. 리아는 가명이에요."

"아, 그렇군요."

나는 계산을 마치고 밖으로 나왔다.

내가 세운 계획 중 첫 번째, '소미의 아버지를 찾는다'는 계획은 절반쯤 성공했다. 소미에게 일어난 일을 밝혀낸다는 두 번째 계획은 보류하고 계획을 변경했다. 일단 소미를 미행하자.

♯

퇴근 시간은 오후 6시.

소미가 정확한 시간에 퇴근을 할지는 미지수다. 신입 사원이라 야근의 가능성도 배제할 수 없다. 5년 동안 매일을 출근했던 이곳에 다시 오게 됐다. 익숙한 풍경이었지만, 심장이 빠르게 뛰었다. 혹시 모를 상황에 대비하여 준비해온 모자를 깊게 눌러 썼다.

변수는 언제나 존재한다. 회사가 위치한 이곳 산업 단지는 상당히 넓은 규모를 갖추고 있다. 그러나 회사가 있는 건물은 B동이었고, 건물에서 나올 수 있는 문은 네 곳이나 된다. 그렇다고 소미가 어디로 나올지는 나도 아직 모른다. 소미가 사는 곳을 알고 있다면 그녀가 나올 위치를 대략 파악할 수 있겠지만, 사는 곳을 모르기 때문에 오늘은 허탕을 칠 수도 있다. 길게 봐야 한다.

건물은 모두 네 개의 면으로 되어있다. 나는 문과이지만 추리

소설을 많이 읽었으니, 이과적인 관점으로 접근을 해보자. 두 면의 접점인 모서리 위치로 내가 이동을 하게 되면, 두 곳의 출입문을 동시에 볼 수 있다. 즉, 50%의 확률이다.

마지막으로 여기서 확률을 좀 더 높여보자. 소미가 별다른 약속이 없고 집으로 돌아간다고 가정을 했을 때, 내가 지금 서 있는 방향을 지나가야만 지하철역과 버스 정류장이 나온다. 그녀가 약속도 없고 대중교통을 이용한다면 25%의 확률이 추가된 75%, 약속이 있든 없든 대중교통을 이용한다면 조건 하나만 추가된 62.5%, 어쨌든 대중교통을 이용하지 않는다면 확률은 여전히 50%이다. 이럴 때일수록 마음을 비우는 것이 정신 건강에 좋다.

퇴근 시간이 벌써 30분이나 지났다. 윗 사람들의 눈치를 보는 건지 아니면 오늘은 운이 없어 소미가 반대 방향으로 나간 건지 예측불가인 상황이다.

결국 어영부영 한 시간을 마저 채웠다. 이제 돌아갈 시간이다. 때론 포기할 줄도 알아야 한다.

하루 이틀 그리고 사흘이 지났다. 나는 매일 소미가 퇴근하는 시간에 맞추어 회사 앞에서 기다렸다. 그녀와 쉽게 만날 거라는 예상과 다르게 나는 소미를 좀처럼 만날 수 없었다. 오늘이 벌써 나흘째다. 만약 오늘도 허탕을 친다면 차선책을 준비해야 했다. 현재 시간 밤 8시. 역시나 오늘도 소미를 만나지 못했다.

'윙~'

집으로 돌아가는 길에 핸드폰 메시지를 알리는 진동이 울렸다.

- 내일 오후 4시. 김석태 님의 정기 치료 상담 시간입니다. 늦지 마세요.

잊고 있었다. 나는 매년 대학병원으로 가서 정기적인 치료 상담을 받고 있다. 처음 쓰러졌던 열여덟 살 무렵부터 계속 그래 왔다. 의사 선생님과 아버지는 내가 무슨 병인지 아직까지 알려주지 않았다. 병원을 오랜 시간 계속 다닌다는 건 분명 기분 좋은 일은 아니다. 하지만 아버지의 간곡한 부탁이 있었기에 어쩔수 없이 치료 상담을 계속 해오고 있다.

다음 날 오후 4시.
"김석태 님 계세요?"
간호사가 내 이름을 불렀다.
"네, 접니다."

"어떻게 오셨죠?"

"전호성 교수님을 만나러 왔습니다. 물론 예약은 돼있고요."

그녀는 예약자 명단을 확인했고 나를 진료실로 안내해 주었다.

"오랜만이네요."

"네, 안녕하세요."

그 당시 임상의(펠로우, 논문을 인정받으면 교수가 됨)였던 의사 선생님은 어느덧 대학병원의 부교수가 되었다. 큰 병원의 부교수 정도라면 굳이 자신이 직접 일반 환자 상담을 할 필요는 없었다. 내가 특별한 환자인 걸까? 특별히 아픈 곳도 없었고, 생활하는 데 크게 어려움이 없었기에 나는 굳이 내 병명을 알려고 하지 않았다.

"석태 군. 오늘 기분은 어때요?"

"약간의 두통은 있지만 나쁘진 않아요."

"그래요? 두통이라… 최근에 감정적으로 변화를 줄만한 일들이 있었나요?"

나는 진실을 말할 수 없었다.

"아니요. 잘 지내고 있어요."

그의 안경 너머로 보이는 선한 눈매에 미세하게 날카로운 변화가 생겼다.

"잘 지내고 있는데 왜 두통이 생겼을까요?"

질문에 의도가 있는 게 분명했다.

"일반적인 두통인 것 같아요."

"그렇군요. 그럴 수 있죠. 석태군. 생각을 너무 많이 하지 말아요. 생각이 너무 많으면 판단력이 흐려질 수 있어요. 감정에 휘둘리지 말고 편안한 마음으로 지내는 게 심적으로 좋을 거예요."

"선생님! 제가 많이 아픈가요?"

전호성 부교수는 언젠간 이 질문을 듣게 될 거라 짐작이나 한 듯 차분히 대답했다.

"아니요. 왜 그렇게 생각하죠? 어디가 아픈가요?"

"솔직히 말하면 저는 그렇게 생각하지 않지만, 가끔씩 제 스스로 감정 조절이 안 되는 것 같다는 생각이 들어서요. 그래서 이건 뭔가 병이 아닐까라는 생각을 하게 된 거죠."

"괜찮아요. 인간은 누구나 정신적으로 불안한 존재니까요. 다만, 석태군이 또 한 번 그런 감정을 참을 수 없을 정도로 심하게 느낄 때, 다시 병원으로 찾아와서 솔직하게 말을 해주면 좋을 것 같군요. 책은 꾸준히 읽으시나요?"

"책이요? 읽고는 있지만, 요즘은 잘 읽지 못하고 있어요. 게다가 거의 추리소설만 읽고 있습니다."

"다른 건 몰라도 마음을 안정시키는 데는 책이 제일 좋아요. 만약 스트레스를 받거나 고민이 생긴다면, 책을 통해 마음을 가라앉힐 수 있도록 해보세요. 동화책이나 짧고 좋은 글귀 그리고 시집을 읽는 것을 추천합니다. 아셨죠?"

"알겠습니다."

"두통이 있다고 하니 오늘은 제가 약을 좀 처방해 드릴게요. 하루에 한 알만 꾸준히 드시면 좋아질 거예요."

"감사합니다. 선생님."

"아버지께서는 잘 계시죠?"

"네. 그럭저럭 잘 버티고 계시죠."

"그럼 다음에 또 뵙도록 하죠."

사실 정기적인 치료 상담이라고는 하는데, 막상 만나게 되면 별다른 치료를 하지 않는다. 단지 몇 마디 이야기를 주고받으며 내가 어떤 감정인지를 묻고 몇 가지 조언과 처방을 해주는 게 전부였다. 그런데 신기하게도 이런 별것 아닌 것들 때문에 조금은 마음의 안정을 찾게 된다. 특히나 처방해 준 약을 먹게 되면 그날은 이상하리만큼 마음이 평화로웠다.

소미의 과거를 찾기 위한 미션은 오늘도 계속되었다.

나는 병원을 나와 소미의 회사로 향했다. 늦은 오후라 곧 있으면 퇴근 시간이 된다. 늦기 전에 빨리 도착해야 했다.

누군가 내 모습을 본다면 왜 이렇게 바보 같은 짓을 하고 있을까 싶을 것이다. 일이 끝나는 시간에 회사로 찾아가 소미를 만나는 게 쉽고 간단한 일일 텐데. 하지만 내가 그렇게 할 수 없는 이유가 몇 가지 있다.

첫 번째, 나와 소미의 관계를 직장 동료들에게 알려서는 안 된다는 것이다. 그건 우리가 지켜야 할 약속이다. 두 번째, 내가 소미의 과거를 찾고 미련을 두고 있다는 사실을 알게 되면 그녀는 다시 어디론가 사라질지도 모른다. 그건 절대 있어서는 안 되는 일이다.

결국 오늘도 실패다. 5일 동안 같은 방향에서 소미를 만나지 못했다. 그렇다면 확률적으로 반대 방향이라는 확신이 들었다.

집으로 돌아가기 위해 2호선 문래역으로 향했다. 역 안에는 여전히 사람들이 많았고, 환승역으로 가는 에스컬레이터와 가까운 위치에는 더 많은 사람이 줄지어 모여있었다. 행여나 전 직장동료라도 마주칠세라 나는 시선을 바닥으로 고정시켰다.

이윽고 신촌역 방향으로 향하는 지하철이 지금 막 역내로 들어섰다. 정차 후, 알이 꽉 찬 연어의 배를 가른 것처럼, 하차를 하기 위해 사람들이 우르르 쏟아져 내렸다. 나는 사람들이 다 내릴 때까지 기다렸다가 마지막으로 승차했다.

온몸을 붕대로 휘감은 피라미드 속 미라의 기분이 이런 것일까? 인파로 인해 지하철 안은 작은 움직임조차도 허락되지 않았다. 돌아가는 발걸음은 무거웠고 무기력한 기분이었다. 파도 풀에 휩쓸리듯 마음을 내려놓았다.

그런데… 오늘은 정말 운수 좋은 날이었다.

그렇게 찾아 헤매던 소미의 얼굴이 보였다. 정확히 말하면 얼굴이 아닌 정수리를 보았다. 소미의 키는 내 코끝을 간지럽 태울 만큼의 높이였고, 학창 시절 늘 봐왔던 그녀의 가르마를 난 정확히 기억하고 있었다. 반대편 입구의 유리창은 지상이 아닌 어두운 지하 터널을 통과하면서 검은색이 되어 마치 거울처럼 주변 사람들을 비췄다. 시야 끝 사선으로 소미의 모습이 비치고 있었다.

5미터. 7미터. 절대 10미터는 넘지 않는 가까운 거리였다.

소미는 자신의 상처를 감추기 위해 고개를 최대한 숙이고 있었다. 그래서 내 모습을 보지 못했다. 아련함이 밀려왔다. 평소에 나는 큰 키에 대한 장점을 느껴본 적이 거의 없었다. 하지만 지금 이 순간 나는 키가 커서 다행이라고 느꼈다.

나와 함께 같은 시간에 같은 지하철을 타고 있다는 건, 평상 시대로 퇴근을 하고 어딘가에 들렀다가 역으로 온 것이 분명했다. 소미가 서 있는 위치상으론 내가 탔던 역이 아닌 이전 역에서 탔을 것이다. 또 양쪽에서 열리는 지하철 문 특성상 내가 서 있는 오른쪽 문이 아닌, 상대적으로 내리기 편한 왼쪽 문이 열리는 역에서 내릴 것이다.

순간 지하철 노선도를 바라봤다. 2호선에서 왼쪽 문이 처음으로 열리는 역은 신촌역이었다. 그렇다면 다시 계산을 해본다. 문래역에서 신촌 방향으로 가는 지하철을 탔을 때, 최대한 갈 수 있는 역은 뚝섬역까지다. 목적지가 그 이상을 넘어서게 되면 순환노선이기 때문에 소미는 반대 방향으로 지하철을 탔어야만 한다. 소미가 왼쪽 문으로 내릴 수 있는 조건을 가진 역은 이대역, 아현역, 을지로입구역, 상왕십리역, 한양대역 그리고 마지막인 뚝섬역뿐이다. 그러나 내 예상으론 회사와 가까운 거리의 신촌, 이대, 홍대역에서 내릴 가능성이 상당히 높다. 상업지역인 을지로입구역이나 거리가 제법 먼 상왕십리역은 절대 아닐 것이다.

내 예상은 그대로 적중했고 소미는 신촌역에서 내렸다. 신촌역은 번화가라 제법 많은 사람이 내리는 곳이다. 소미의 뒤를 쫓았다. 느릿한 걸음으로 걷고 있던 소미는 에스컬레이터를 지나 계단을 오르고 밖으로 나왔다. 많은 사람들을 이리저리 피해가며 놓치지 않으려 애를 썼다. 길게 자라난 갈대숲을 지나온 기분이 들었다. 오랜만에 온 신촌 거리에는 사람들이 많았고, 또 많은 변화가 있었다. 역시 젊음의 거리는 아직 죽지 않았다.

나는 그동안 무엇을 하고 살아왔을까? 꿈은 사라지고 삶의 여유도 없이 살아온 9년의 시간 동안 내가 살아야 되는 이유를 계속 찾아왔다. 첫 번째 이유는 아버지였고, 두 번째 이유는 소미였다. 오랜 기다림 끝에 우리는 다시 만났고 새로운 시작을 꿈꿨다. 그러나 우리의 삶과 주변 환경은 우리의 의지와 상관없이 계속 변한다. 오직 나만이 변화를 두려워하고 있었다.

그런데 소미가 보이지 않는다. 큰일이다. 잠시 딴생각을 한 사이에 그녀는 어디론가 사라졌다. 나는 무작정 뛰기 시작했고 고개를 이리저리 돌리며 소미를 찾기 시작했다.

한참을 걷고 또 걸었다. 이소미! 어딨는 거니?

♯

골목 여기저기를 돌아봐도 보이질 않았다. 다시 지하철역으로 정신없이 뛰었다. 혹시 아직 그곳에 있을지도 모른다.

역 근처는 신촌의 중심가였다. 그중에서 가장 높은 곳을 찾아 올라갔다. 사람이 올라가면 안 되는 화단 같은 곳이었다. 급할수록 돌아가라는 말이 있다. 마음을 가다듬고 호흡을 길게 내쉬었다.

침착하게 고개를 돌려 주변을 확인했다. 아기자기한 옷을 파는 가게가 보이는데 소미가 옷을 살 것 같진 않았다. 핸드폰을 파는 통신사를 지나치고 음식점이 보였다. 떡볶이 가게? 소미는 떡볶이를 좋아한다. 퇴근 후에 저녁을 먹기 위해 그곳에 들렀을까? 밖에서 본 가게에는 손님이 몇 명 있었지만, 교복을 입은 어린 학생들뿐이었다. 작은 공원을 지나 큰 도로가 보였다.

시선을 반대쪽으로 돌렸다. 커다란 백화점이 보였다. 영업은 이미 끝난 상태였다. 오른쪽으로 고개를 돌리자 멀티 게임장이 보였다. 그 옆으로 커피숍이 있었다. 하지만 소미는 어디에도 없었다.

멍하니 한참을 서 있던 내게 누군가 다가와 옷깃을 잡아당겼다. 고개를 내려본 곳에는 어림잡아 열 살 미만의 어린아이가 있었다. 올망졸망 귀엽게 생긴 외모의 여자아이였다. 한 팔로 착 감기는 고양이 인형을 가슴에 깊이 품고 있었다. 늦은 밤 이곳에서 혼자 무얼 하는지 호기심이 생겼다.

"아저씨, 뭐 하세요?"

"어? 그냥 주변을 좀 보고 있었지. 넌 여기서 혼자 뭐 하니? 부모님은 안 계셔?"

아이는 손가락을 곧게 뻗어 카페를 가리키고 있었다. 엄마로 보이는 여성이 카페 밖 테라스에 앉아 또 다른 여성과 이야기를 나누고 있었다.

"엄마니?"

고개를 끄덕였다.

"혹시 내게 할 말이 있는 거니?"

"아니요. 가만히 서서 계속 빙글빙글 돌고만 있길래, 길을 잃었나 해서요."

잃어버린 건 맞았다. 하지만 길은 아니었다.

"너는 내가 무섭지 않아?"

"왜요?"

"아저씨가 나쁜 사람이면 어떡해?"

"괜찮아요. 이곳엔 사람이 많아요. 그건 걱정 마세요. 근데 저는 모르는 사람을 따라가진 않아요."

"당돌한 아이구나. 여기서 뭘 하고 있니?"

"엄마가 말했어요. 도움이 필요한 사람은 도와주는 거라고요. 제가 아저씨를 도와드리는 거예요."

내가 지금 누구와 이야기를 하는 걸까? 아이, 학생, 애어른? 영특한 아이였다.

"그런데 너 몇 살이니?"

"열 살이요."

"넌 참 똑똑하구나."

"어떻게 아세요?"

"뭐…를?"

"제가 똑똑한지."

아이가 하는 짓이 소미를 처음 만났던 그날을 떠올리게 했다.

"너와 닮은 아이를 본 적이 있거든. 그래서 알고 있어."

"아. 그렇구나."

"고양이 좋아하니? 그 인형은 선물 받은 거야?"

"이거요?"

설명 대신 아이는 손가락으로 가리켰다. 멀티 게임장?

"저곳에서 인형을 구한 거니?"

"아뇨. 인형을 뽑았다는 표현이 맞죠."

"뽑는다고?"

"아저씨 인형 뽑기 몰라요? 저곳에 가면 뽑는 기계가 아주 많거든요. 엄마가 약속이 있는 날이면 저는 저곳에서 시간을 보내요. 아쉽게도 오늘은 이거 딱 하나만 성공했어요."

잠깐! 인형 뽑기? 소미는 인형을 좋아했다. 설마… 이건 나의 억지일까?

"꼬마야."

"꼬마요? 저 꼬마 아닌데요…"

"어? 그래. 미안하다. 이름이 뭐니?"

"소민이요."

"뭐? 소…민…"

그래. 아무리 생각해도 이건 억지다. 평행이론인가?

"소민아. 오늘 너무 고마웠고, 아저씨에게 많은 도움이 되었어. 우리가 언제 다시 만날지는 모르지만, 이 순간을 꼭 기억할게. 고마워."

소민이는 초롱한 눈망울로 나를 바라보았다. 머리를 살짝 스다듬어 주었다. 떠나는 내 모습을 아이가 한동안 지켜보고 있었다. 나는 황급히 뛰었다.

이 가게는 인형만 파는 곳이 아니었다. 비교적 규모가 큰 가게였다. 입구에 들어서자 소민의 말처럼 밖에서는 볼 수 없었던 위치에 인형 뽑기 기계들이 가득 차 있었다. 신나는 음악들은 계속해서 흘러나왔고 어수선한 분위기였다. 많은 사람이 자신이 원하는 인형을 뽑기 위해 노력하고 있었다.

그 속에… 소미가 한가로이 인형을 뽑고 있었다. 그 모습이 왠지 귀여웠다. 안도의 한숨이 저절로 나왔다.

다시 밖으로 나갔다. 좀 더 멀리 떨어진 거리에서 소미가 나오길 기다렸다. 인형 뽑기에 실패를 한 것인가? 그녀는 밖으로 나오질 않았다. 눈을 깜빡거리는 횟수도 줄여가며 소미를 기다렸다. 두 번의 실수는 허락되지 않는다.

20여 분의 시간이 지나고 소미가 드디어 나왔다. 이런! 이건 무슨 상황인가… 소미는 인형을 한 아름 가슴에 안고 나왔다. 괜한 걱정을 했다. 소미는 인형 뽑기 프로였다. 문득 사건 당일 전해주지 못했던 인형이 떠올랐다. 눈앞에 인형을 안고 기뻐하는 소미의 모습을 보는 것만으로도 적잖은 행복감을 느꼈다.

번잡한 번화가를 지나 대학생들이나 살법한 주택가에 도착했다. 골목으로 들어서자 확연히 인적이 드물었다. 사람이 없으면 미행이 더 쉬울 거라 판단했지만, 그만큼 소미가 나의 존재를 발견할 확률도 덩달아 높아진다. 군대에서 배웠던 은폐·엄폐의 기술을 살면서 과연 쓸 일이 있을까 싶었는데 지금 내가 본능적으로 그 기술을 쓰고 있었다.

요즘은 세상이 좋아져 CCTV가 곳곳에 설치되어 있다. 실시간으로 주변이 감시되는 것이다. 혹시나 이런 내 행동이 CCTV 카메라를 통해 경찰 관계자의 눈에 뜨일까 조심했다. 어쨌든 어렵사리 소미가 사는 곳을 알아냈다. 세 번째 계획은 성공이다.

소미는 집으로 들어가기 전에 고개를 획 돌려 주변을 여러 번 살폈다. 순간 내 존재를 들킬 뻔했다. 하지만 오늘은 쓰레기 분리수거를 하는 금요일이다. 다행히 은폐할 수 있는 커다란 쓰레기통이 있어 덕분에 몸을 숨길 수 있었다.

소미가 살고 있는 집은 3층짜리 작은 빌라였고, 걸어온 골목길 방향으로 창문과 작은 발코니가 있는 집이었다. 빌라 2층의 조그마한 창문은 암막 커튼으로 가려져 있었고, 잠시 깜박거리는 불빛이 어둠을 뚫고 커튼 사이로 희미하게 보였다. 그곳이 소미가 살고 있는 집이었다. 나는 한동안 멍하니 그곳을 바라보고 있었다. 발이 쉽사리 떨어지지 않았다.

그 이후, 나는 소미의 집 앞을 자주 서성이곤 했다. 대부분 그녀가 퇴근을 하고 집으로 돌아오는 시간이었다. 그렇게 해서라도 소미를 볼 수 있다는 것이 너무 좋았다. 과거에 그 사건이 없었다면 우리는 결혼을 하고, 신혼의 달콤함으로 서로의 사랑을 확인하며 저 집에서 함께 오손도손 잠이 들었을지도 모른다.

사랑이란 감정은 무엇일까? 이렇게 멀리서 누군가를 바라만 봐도 기분이 좋아지는 것일까? 그녀의 손을 잡을 순 없어도 지금 내 심장은 콩닥거렸다.

때로는 회식인 건지 아니면 야근인 건지 집으로 귀가하는 시간이 늦어져, 저녁부터 늦은 밤까지 하염없이 기다린 적도 많았다. 기다림이란 언제나 사람을 지치게 만들고 견디기 힘든 극한 상황까지 몰아붙인다. 이건 온전히 스스로 버텨야 할 내 의무이기도 했다. 누구도 나에게 강요하지 않았다.

그러다 끝내 나는 커다란 실마리를 찾게 됐다.

소미의 방에 불이 꺼지고 여전히 나는 그녀를 그리워하고 있었다. 그때 반대편에서 사람이 걸어오는 모습이 희미하게 보였다. 주택이 즐비한 골목에서 사람이 지나가는 것은 절대 이상한 일은 아니었다. 하지만 그 사람은 눈에 띄는 이상한 행동을 했다. 내가 있는 방향으로 걸어오던 발걸음을 멈추고 자연스럽게 왔던 길을 되돌아가버렸다. 그는 반대편에 숨어 있던 나를 보지 못했다. 스토커가 아니고서야 매일 누군가의 집을 이토록 오래도록 배회하지는 않을 것이다. 여기에 누군가가 있을 거라고는 상상조차 하지 못하겠지.

나는 단지 소미에 대한 그리움으로 이곳을 떠나지 못하고 있었기에 그 남자를 볼 수 있었다. 어쩌면 나는 이런 상황을 기대했던 건지도 모른다. 남자는 소미가 살고 있는 2층 창문을 한동안 바라봤다. 그곳에 누가 살고 있는지 아는 듯했다. 신기하게도 소미의 집 반경 10미터 안에는 CCTV가 없었다. 마치 의도적으로 CCTV를 떼어 놓은 것처럼 말이다. 이 골목에서 유일한 사각지대였다.

며칠 후, 나는 그놈의 뒤를 쫓았다. 괜히 죄 없는 사람을 쫓고 있는 게 절대 아니다. 한 번이라면 무심히 넘겼을 것이다. 하지만 일주일에 세 번을 그것도 우연히 소미의 집 앞을 지켜보는 모범시민은 존재할 리가 없다. 게다가 사흘간 눈에 잘 띄지 않는 검은색 옷과 모자를 푹 눌러 쓰고 있었다. 마치 지금의 내 모습처럼 말이다.

그러다 충격적인 사실을 알게 됐다. 그놈은… 빌라에서 조금 떨어진 커피숍 안에서 태권과 만나고 있었다. 커피숍은 누구나 다 아는 프랜차이즈 브랜드였다. 그래서 매장은 상당히 넓었고 손님들도 제법 많았다. 의문의 남자와 태권은 손님이 드문 구석 자리로 들어가 앉았다. 둘 사이에 무슨 이야기가 오가는지 무척 궁금했다.

커피숍 문을 열고 들어가면 입구 옆에 잡지들이 듬성듬성 꽂힌 얇은 책장이 놓여 있다. 손에 잡히는 대로 아무거나 집어 들었다. 모자를 푹 눌러 쓴 채로 대범하게 그들의 옆자리에 앉았다. 물론 그들은 창가의 기다란 바 형태의 테이블에 나란히 앉아 내게 등을 보이고 있었다. 반면 나는 푹신한 소파에 앉아 등을 최대한 깊숙이 밀어 넣고는 들고 있던 잡지로 최대한 시선을 감췄다. 둘의 대화가 들려왔다.

"집으로 들어갔어?"

태권이 남자에게 물었다.

"네. 불이 꺼지는 것까진 확인했습니다."

"행여나 그년이 허튼짓을 하거나 도망을 못 가도록 감시 잘해."

여기서 그년이란 대상은 소미일지도 모른다. 좀 더 귀 기울여 보았다.

"네, 사장님. 그리고…"

남자는 갑자기 주변을 살폈다. 좀 더 중요한 이야기를 하는 지, 이내 태권의 귓가에 대고 조용히 속삭였다. 옆에 있는 나조차 이후의 대화는 엿들을 수 없었다. 대략 5분 미만의 짧은 대화를 나누고 남자는 어디론가 급하게 떠났다.

말투로 보아 둘의 관계가 확실히 친구 사이는 아닌 것 같았다. 태권을 대하는 그의 태도는 마치 나를 퇴사하게 만든 팀장이 사장에게 굽신거리는 모습이었다. 그건 분명 갑을 관계라는 말이다.

얼마 전 고급 클럽에서 만난 태권의 최근 얼굴을 나는 생생히 기억하고 있다. 그때 그를 만나지 않았더라면 쉽사리 정체를 알아내지 못했을 것이다. 태권은 절대 호락호락한 놈이 아니다. 나는 태권의 뒤를 밟았다. 그는 소미의 집과 그리 멀지 않은 아파트에 살고 있었다. '등잔 밑이 어둡다'고 태권은 왜 이곳에서 살고 있을까? 더 좋은 곳에서 살 수 있는 부유한 놈이 도대체 왜 이곳에서 숨어 지내는지 무척 궁금했다. 무슨 짓을 꾸미고 있는 게 확실했다.

태권에게 감정이입을 해본다. 내가 만약 태권이라면 더러운 자신의 진짜 모습을 감추기 위해 평범한 사람들이 살고 있는 곳에 자연스럽게 스며들 것이다. 내 예측대로 그는 한없이 선량한 시민이며 보통의 사람인 척 살고 있었다. 문제를 일으키지 않고 세금만 꼬박꼬박 잘 낸다면 그의 본성이 발각될 일은 결코 없을 것이다. 머릿속이 복잡해졌다. 그의 의도가 뭔지 알기 위해 나는 치밀한 계획을 세워야 했다.

내가 알고 있는 태권을 떠올리며 생각을 해봤다. 그놈은 어려서부터 소미를 좋아했고 좋아하는 감정을 꾸준히 폭력적인 방법으로 표현해 왔다. 보육원에서도 그랬다. 청소년 시기에는 자존심이 강했기에 직접적인 표현보다는 타인을 가스라이팅 하여 괴롭힘을 이어갔다. 학창 시절에 새롬과 우식을 이용한 걸 보면 알 수 있다. 성인이 돼서도 아직까지 미련을 버리지 못하고 소미 곁을 계속 맴돌고 있던 것은 아닐까? 지금처럼 말이다. 그건 내가 몰랐던 소미의 잃어버린 9년의 시간에도 그놈이 어떻게 해서든 소미에게 영향을 주었을지도 모른다는 결론이 나온다. 화가 치밀어 올랐다.

♯

태권이 살고 있는 아파트에 경비원으로 위장 취업을 하기로 마음먹었다. 문제는 위장 취업을 하는 일이 생각보다 까다롭다는 것이다. 이건 내가 갖고 있는 스펙과 능력의 문제가 아니었다. 경비 일을 할 수 있으려면, 그곳의 빈자리가 꼭 있어야만 했다. 하지만 태권의 아파트에 경비원 자리는 비어 있지 않았다.

인간은 어느덧 100세 인생을 살아갈 만큼 모든 것에 있어 진화를 해왔다. 노년 인구가 많아지면서 퇴직을 하고도 노후를 대비하기 위해 일을 해야만 했다. 하지만 그들이 할 수 있는 일이란 청소일이나 경비 업무뿐이었다. 그래서 경쟁이 상당히 치열했다.

머리가 지끈지끈 아파지기 시작했다. 생각이 많으면 마음이 불안했고 어지럼증이 생겼다. 정상적인 방법으로는 절대 그곳에서 일을 할 수 없을 것 같았다.

낮 시간대에 태권을 대면하는 것은 자살행위와 같았다. 단지 죽이고 끝나는 거라면 분명 그렇게 했을 것이다. 하지만 확실한 증거도 없이 태권을 죽일 순 없다. 어쩌면 태권과의 만남에서 소미를 그렇게 만든 장본인이 태권인 걸 알게 되면 나는 그를 죽일지도 모른다. 먼저 나는 계획대로 일을 진행해야만 한다. 늦은 밤 시간대의 근무나 새벽 시간이 가장 이상적이었다. 그러려면 지금 일을 하고 있는 사람 중에 한 명은 반드시 그만두어야한다. 그것도 늦은 시간대에 근무를 하는 사람이어야만 했다. 그렇게 찾아낸 사람이 59세 김기성이었다.

그는 이제 곧 환갑을 바라보는 노인이었다. 정확히 말하면 노인으로 분류되지 않는다. 대한민국에서 노인 연령 기준은 65세였다. 그건 숫자놀음에 불과했다. 그의 겉모습은 달랐다. 그는 작은 키에 왜소한 체격을 가지고 있었고 나이보다 좀 더 늙어보였다.

나이를 먹으면 노인들은 두 가지 유형으로 나뉜다고 한다. 살이 많이 찌거나 앙상하게 마르거나 둘 중 하나였다. 그는 마른 체형이었다.

고백하건대 나는 처음으로 나쁜 일을 저지를 계획을 세우고 있다. 그 남자가 사라져야만 내가 그를 대체할 수 있으니까. 네 번째 계획은 바로 김기성을 처리하는 일이었다. 하지만 그가 감쪽같이 사라지는 것이 제일 베스트이다.

김기성이 일을 마치는 시간에 맞추어 아파트 주변을 서성거렸다. 늦은 밤과 새벽시간에 근무를 하는 그는 아침이 돼서야 집으로 가기 위해 밖으로 나왔다. 출근시간이 가까워질 무렵, 곧 있으면 많은 사람이 거리로 우르르 쏟아져나올 것이다.

그 사실을 알고 있는 그는 지하철역으로 제법 빠른 걸음으로 걸어갔다. 나는 그의 뒤를 무심한 듯 쫓아갔다. 그런데 그는 역의 입구로 바로 들어가지 않았다. 역사와 연결되어 있는 엘리베이터를 타기 위해 발걸음을 멈췄다.

비좁은 엘리베이터를 타고 같은 공간에 있는 건 좋은 선택이 아니다. 나는 계단으로 무작정 뛰었다. 그가 도착하기 전에 밑에서 기다리는 것이 좋을 것이다.

내가 좀 더 빨랐다. 가쁜 호흡을 진정시키며 엘리베이터 문이 열리길 기다렸다. 드디어 그가 밖으로 나왔다.

지하철을 타고 이십여 분을 이동해 내린 곳은 대림동이었다. 이 동네는 외국인이 많이 사는 곳이었고, 적은 돈으로도 충분히 생활이 가능하단 소리를 들은 적이 있었다. 내 계획은 그가 사는 집을 미행한 후에 그가 잠이 든 시간을 노려 살해하는 것이었다. 이상하게도 마음의 동요가 전혀 없었다.

걷고 있던 그가 도로를 건너기 위해 신호등 앞에 잠시 멈춰 섰다. 구름 한 점 없는 하늘에 아침 햇살이 눈이 부실만큼 내리쬐고 있었다.

오전 8시. 출근을 하기 위해 직장인들이 금세 모여들었다. 그와 나의 거리는 불과 5미터 남짓, 점점 밀려드는 인파에 떠밀려 김기성의 바로 뒤에 서 있게 되었다. 문득 오른쪽 내 어깨를 조심스럽게 비틀어 그를 살짝 밀치게 되면, 지나가는 버스에 치여 사고사로 처리가 가능할 거란 생각이 들었다. 꼴깍꼴깍. 머릿속에 그 생각을 하면 할수록 침을 삼키는 속도가 점점 빨라졌다.

때마침 왼쪽 방향에서 버스가 빠른 속도로 달려오고 있었다. 완벽한 기회다. 마음속으로 숫자를 세기 시작했다. 하나, 둘… 어… 어… 그는 고개를 슬며시 돌려 버스가 오는 걸 확인하고, 본인 스스로 몸을 앞으로 슬쩍 움직였다. 버스가 오는 것을… 분명 그는 알고 있었다. 이대로 놔두었다간 그가 버스에 치여 죽을 것이 분명했다.

내가 원하던 완벽한 상황에서 나는 본능적으로 그의 옷깃을 잡아당겼다. 앞으로 쏠린 몸의 중심이 당겨진 반동으로 인해 뒤로 바뀌는 순간, 지면에 닿아 있던 그의 오른발이 들어올려지고 지나가는 버스에 살짝 스치게 된다. 그가 내 품에 안긴 상태로 우리는 바닥으로 쓰러졌다. 주변에 있던 사람들은 소리를 지르거나 갑작스러운 상황에 너무 놀라 말조차 제대로 내뱉질 못했다. 우스운 건 신호가 바뀌자 아무 일 없는 듯 많은 사람들이 자리를 떠나버렸다는 것이다. 일부 사람들은 안타까운 시선으로 우리를 지켜보고 있었다. 그러나 도움 따윈 전혀 없었다.

"괜찮으세요?"

내 대답에 그는 말이 없었다.

약간의 신음을 내며 풀려버린 눈망울로 밑에서 나를 올려다
보고 있었다. 평온해 보이던 그의 표정은 왠지 모르게 슬퍼 보
였다.

"아버님. 구급차를 부를까요?"

"그러지 말게나."

짧고 강인한 대답이 들려왔다.

"네?"

바닥에서 일어난 그는 신호가 바뀌자 다시 걷기 시작했다.

그의 걸음걸이는 다소 불편해 보였다. 파란 보행자 신호의 불
빛이 빠르게 깜빡거렸다. 나는 황급히 달려 마지막으로 간신히
길을 건널 수 있었다.

조금 더 길을 걷던 도중 그는 편의점으로 들어가 소주 한 병
을 손에 쥐고 나왔다. 그리고 허름한 여인숙 간판이 걸린 건물
옆으로 들어갔다. 골목 안에는 반지하로 된 쪽방들이 뜨문뜨문
모여있었고, 비좁은 골목이라 아침인데도 빛은 전혀 스며들지
않았다. 중간쯤 지나 문을 열고 그가 사라진 걸 눈으로 확인했
다. 동굴을 탐험하는 기분으로 나도 따라 들어갔다.

내 무릎의 높이보다 낮은 위치에 반지하 집들의 창문이 여럿
보였다. 비라도 내린다면 빗물이 고스란히 방으로 쏟아질 것 같

았다. 창문을 통해 집 안으로 들어가는 것도 그리 어렵지 않아 보였다. 그런데도 어떤 안전장치도 설치되어 있지 않았다. 이런 곳에도 사람이 살고 있었다니 믿어지지 않는다.

김기성이 사라진 위치에 도착했을 때, 내려다본 곳에는 어두운 방 안에 그가 홀로 앉아 있었다. 안주도 없이 소주를 벌컥 마시고 있었다. 눈치채지 못하게 걸음을 멈추지 않고 무심히 골목을 지나가는 것처럼 했다. 골목 끝을 나오니 그제서야 태양을 볼 수 있었고, 눈앞에는 큰 도로가 나왔다. 이곳에 서서 정면을 바라보면 대림역이 한눈에 보였다.

일을 마친 그는 피곤할 테고 술까지 마셨으니 한두 시간이면 잠이 들어 버릴 것이다. 약간의 인내를 갖고 때를 기다렸다.

두 시간 후, 나는 다시 김기성의 집 앞에 서 있다. 혹시나 하는 마음에 현관문의 손잡이를 잡고 돌렸다. 문이 열렸다. 보안이 너무나 허술했다.

하긴 어떤 멍청한 도둑이 이곳에 들어올까? 내부는 칠흑같이 어두웠다. 잠시 눈을 깜빡이기를 쉼 없이 반복했다. 눈이 어둠에 서서히 적응하기 시작했다. 집이라고 해봐야 방 하나와 화장실, 두 평 남짓한 주방 겸 거실뿐이었다.

내 예상대로 그는 술에 취해 잠을 자고 있었다. 씻지도 않고 옷을 그대로 입은 상태로 누워있었다. 잠결에 먹고 남은 소주병을 건드린 모양이다. 병은 머리맡에 불규칙하게 쓰러져 있었다.

애당초 그는 59세의 노인이고 상당히 마른 체형이며, 더욱이 술에 취해 잠들어 있다. 마음만 먹으면 맨손으로도 그를 충분히 처리할 수 있다. 내심 안도감이 퍼졌다.

이제 끝내야 한다. 그의 숨통을 끊어야 한다. 무릎을 꿇고 그의 앞으로 다가가 앉았다. 두 팔을 가지런히 뻗었다. 양손에는 힘이 들어간 상태로 미세한 떨림이 있었다. 하지만 나는 망설였다. 애잔한 분위기에 취한 걸까? 잠든 그의 모습을 보니 무장해제가 된 기분이다. 손끝이 그의 목에 닿을 때쯤, 스르륵 그가 눈을 떴다.

놀랍게도 그는 긴장도 흥분도 하지 않은 상태로 나를 바라보고 있었다. 아주 차분한 모습이었다. 그가 입을 열었다.

"뭘 망설이나? 젊은이."

그가 내게 먼저 말을 걸었다.

"당신은 내가 두렵지 않은가요?"

"이 나이쯤 되면 죽음에 대한 두려움이 없네. 언제 죽어도 이상하지 않을 나이지. 지금 자네가 나를 죽인다 한들 나는 아무런 반항도 할 생각이 없어. 나를 따라온 건가? 최대한 빠르게 끝내주게.”

“내가 올 거란 걸 알고 있었나요?”

“아까는 왜 나를 구해준 거지? 굳이 왜 어려운 일을 직접 하려는 건가? 아니면 사람을 죽이는 것에 희열을 느끼는 유형인가 보군.”

웃음기 없는 표정으로 그가 말하니 더욱 섬찟했다.

“난 살인자가 아니요. 단지… 특별한 이유가 있을 뿐이요.”

“그럼 뭘 망설이고 있나? 내가 눈을 뜨지 않는 게 마음이 더 편하다면, 지금 눈을 감아 주겠네.”

그의 목을 향해 뻗어있던 팔을 내렸다. 꿇고 있던 무릎을 펴고 바닥에 털썩 주저앉았다. 막상 자신을 대놓고 죽이라는 사람과 눈을 마주치고 곧바로 죽인다는 게 썩 내키지 않았다.

“그럼 아까 정말 자살을 하려고 했던 건가요? 왜 죽으려 하는 거죠? 그 이유를 알려준다면, 제가 결정을 하기에 좀 더 수월할 것 같군요.”

애써 용기 있는 척 대화를 유도했다.

“만약 내 이야기를 들려주면 자네의 사정도 들을 수 있는 건가?”

“이야기를 하는 건 어렵지 않아요.”

그는 허리를 들어 올려 자리에서 일어났다. 방안의 불을 밝히고 조금 전 자리로 돌아와 벽에 등을 기대고 앉아 말했다.

"나에겐 딸이 하나 있는데 시집을 보낸 지 오래되었지. 손자들도 이미 성인이 되었으니 말이야. 아내와 일찍 사별을 하고 어린 딸을 잘 키워보겠다며 못 해본 일이 없을 정도였지. 특별히 아이에게 잘해준 건 없었지만, 착한 아이로 자라줘서 늘 고마움을 느꼈네. 혼자 먹고살기에는 어려움이 없었지만, 결국 나는 언제나 혼자였고 나도 남자인지라 외로움을 느낀 거야. 그러다 만난 여자가 한 명 있었어. 그녀는 나보다 열다섯 살이나 어린 나이였고, 그녀의 친절한 행동에 정말 오랜만에 사랑이라는 감정을 느꼈네. 나를 주책이라 생각하겠지?"

"아니요. 그렇게 생각 안 합니다."

"그래도 그게 사실이니까. 그녀가 원하는 건 뭐든지 다 해주었어. 그 당시는 몰랐지만 나도 모르게 홀린 듯이 그렇게 돼버렸더군. 경비 일이나 하는 내가 무슨 돈이 있겠나? 어렵게 대출을 받고 또 받고 사채까지 써가면서 한없이 퍼주다 보니 빚만 쌓이게 된 거야. 그런데 더 이상 그녀에게 해줄게 없어지자, 그녀는 나를 떠나버렸어. 이용만 당한 거지. 하긴 멍청하게 가진 것 없는 늙은이를 좋아할 거라고 생각한 내가 바보였지."

"따님은 그 사실을 알고 계시나요?"

"아니. 그 아이는 알 필요도 없고 알게 돼도 나를 도와줄 수 없네. 그리고 내가 만든 빚을 딸에게 대물림해주고 싶지가 않아. 그냥 죽는 게 최선일 거야."

젠장! 이야기를 듣고 나니 더더욱 그를 죽일 수 없었다. 살기 위해 지어낸 이야기는 절대 아닌 것 같았다.

"빚이 얼마인가요?"

"5천만 원."

"흠. 그럼 이제 제 이야기를 들어 보시겠어요?"

대답 대신 그는 고개를 끄덕였다.

"사실대로 말하면 이런 이유로 사람을 죽일 수 있는지 당신은 이해를 못 할 겁니다. 중요한 건 당신이 지금 하고 있는 경비 일을 제가 꼭 해야 한다는 겁니다. 그래서 당신에게 해를 가하여 일을 못 하게 한 후에 그 자리를 차지하려고 했습니다. 굳이 죽이려 했던 이유는, 제가 솔직히 말을 했다면 분명 당신은 저를 미친놈이라 생각하고 경찰에 신고를 할 거라 생각했어요. 저에겐 정말 중요한 일이고 꼭 해야 할 일이 있는데, 만약 당신이 죽어야 할 운명이라면 제가 5천만 원으로 당신의 목숨을 사겠습니다."

그의 표정을 보니 놀란 듯했다.

"다 죽어가는 노인의 목숨 따위는 사서 뭐 하나?"

"당신의 인생에는 관심이 없어요. 단 두 가지만 약속하시면 됩니다."

"그게 뭔가?"

"내일 이른 시간에 경비 사무소에 전화를 걸어 당신이 큰 사고를 당해서 당분간 일을 할 수 없다고 말하세요. 덧붙여 지금당장 사람을 구하는 건 어려울 테니 당신의 지인을 보낸다고 하고, 가능하면 짧게는 한 달, 길면 두 달 정도 계약직으로 채용을해서 일을 시켜달라고 말하세요. 두 번째는 지금 나와 나눈 모든 대화는 죽을 때까지 함구하는 거예요. 이해하셨죠?"

"그런데 채용은 내가 장담할 수 있는 건 아니네. 잠시라면 모를까…"

"그 점은 걱정 안 하셔도 됩니다. 그 이후부터는 제가 만들어나갈 거니까요. 당신 빚의 원금과 이자는 다달이 제가 갚아 나갈 거고, 만약 당신이 약속을 깨버리게 되면 당신의 목숨과 빚뿐 아니라 딸의 인생이 끝이 날 거예요. 아셨죠?"

사실 그에게는 손해 볼 게 전혀 없었다. 그가 시키는 대로 하고 조용히 입만 다물어 준다면 모든 게 뜻대로 될 것이다.

"알겠소."

♯

　김기성은 약속대로 전화를 하고 면접 약속을 잡아 주었다. 처음 만난 관리소장은 격앙된 어조로 내게 말했다.

　"아니. 젊은 사람이 왜 벌써부터 이런 일을 하려고 하나? 체격도 좋으니 다른 일을 해도 충분할 것 같은데 말이야. 아무리 청년실업이니, 뭐가 어떻다 해도 나라에서 주는 혜택도 많은데 말이야. 다른 이유라도 있는 건가?"

　관리 소장은 젊은 사람이 경비 일을 한다는 건 자신들의 영역에서 부족한 밥그릇 싸움을 하는 거라 생각한 모양이다.

　어찌 보면 나는 그들에게 이방인과 같았다. 마치 오래되고 낡은 구두에 닳지 않은 깨끗한 구두 굽처럼 이곳에 어울리지 않는 것 같았다. 청년들보다 더 힘든 게 중장년이란 말도 했다. 내가 과연 이곳에서 일을 잘할 수 있을까? 그러나 꼭 해야만 한다.

　"저는 경비란 직업에 대해 선입견을 갖고 있지 않습니다. 직업에는 귀천이 없는 법이라 배웠습니다. 제가 일을 하게 되면 아마 여기 계신 아버님들의 노고를 조금이라도 줄여 줄 수 있을 거라 생각합니다. 잘 부탁드립니다."

　함께 동석하고 있던 아파트 주민 대표들은 듬직하고 젊은 나이의 나를 오히려 반기는 느낌이었다.

그렇게 나는 경비원이 되었다. 동일한 임금을 지불해야 한다면 젊은 피가 이득이라 판단했을 것이다. 자본주의 사회에서 당연한 논리였다.

이 일을 해서 좋은 점은 아무런 거리낌 없이 태권을 감시할 수 있다는 것이다.

경비 일을 시작한 지 얼마 안 된 어느 날, 순찰을 하던 중에 주차위반을 한 차량이 보였다. 아파트 단지 내에서도 장애인 전용 주차 공간은 존재한다. '일반인은 절대 세우면 안 됩니다.'라는 경고 표시를 하고, 항상 공지를 한다. 그런데도 무시하고 주차를 계속하는 주민들이 있다.

차량 앞 유리창에 붙어 있던 연락처로 전화를 먼저 걸었다. 얼마 후 나온 주민의 생김새는 평범 그 자체였다. 다만 젊은 나이라 건장한 체격을 가진 남자였다. 나는 뭐가 문제인지를 남자에게 친절히 설명했다. 그런데 그는 다짜고짜 내게 화를 내기 시작했다.

이곳에 사는 사람들의 인생은 아파트 입구를 기점으로 달라진다. 세상 밖에서는 힘없는 존재일지언정 이곳에서는 누구보다 강한 권력을 가지고 있다. 그들은 왕이었고 우리는 하인과 같은 존재였다.

"뭐 하는 거야?"

처음부터 반말이었다.

"여기는 장애인 주차구역이라 이곳 주민이라고 해도 주차를 하시면 안 됩니다."

"뭐? 그걸 이 사람아 당신이 어떻게 알아? 내가 장애가 있는지 없는지? 내가 지금 정신적으로 많이 곤란하거든. 그럼 된 거 아냐?"

"장애를 증명할 수 있는 차량 스티커가 부착되지 않으면 인정이 안 됩니다. 죄송하지만 다른 사람들의 편의를 위해 이동 부탁드립니다."

"아니 경비 주제에… 네 월급 내가 주는 거야. 어디서 이래라저래라 하는 거야? 미쳤어?"

남자는 말이 통하는 사람은 아니었다.

"그 점은 항상 감사합니다. 그래도 차량은 좀 치워주시죠."

그는 대답 대신 내게 주먹을 날렸다. 날아오는 주먹은 너무나 또렷하고 선명했다. 마음먹기에 따라 충분히 피할 수 있었다. 만약 내가 여기서 피한다면 상대방은 더 흥분하지 않을까? 그냥 나는 맞았다. 그의 주먹은 크게 휘두르는 훅이 아닌 직선으로 곧게 뻗어 날아오는 스트레이트였다. 코끝을 강하게 때렸다. 아무리 솜주먹이라도 인간이 코를 맞게 되면 눈물이 찔끔 날 만큼 찌릿해진다. 다행히 코피는 나지 않았다. 멀뚱히 참고 있는 내가 얄미웠는지 정확히 두 번의 주먹이 더 날라왔다. 차라리 코피라도 났다면, 나머지 두 번은 맞지 않았을지도 모른다. 얼굴을 감싸고 주저앉았다. 주저 앉는다는 건, 상대에 대한 복종의 의미와 같았다. 결국 남자의 폭력은 멈출 수 있었다. 그러나 그는 차량을 옮기지 않았고 아파하는 나를 보고 집으로 돌아갔다. 양심의 가책도 없이 유유히 들어가는 뒷모습만 보였다.

♯

며칠 동안 태권을 관찰했다. 소미의 집 앞을 서성이던 낯선 남자가 가끔씩 태권의 집으로 찾아와 들어가는 것을 보았다. 소미를 그렇게 만든 범인이 태권일 거라는 확신이 생겼다.

지금 나는 그놈 집 앞에 서 있는 중이다. 오늘 나는 그놈이 살고 있는 집에 침입할 예정이다. 오늘을 위해 나는 오랜 시간 빈틈없이 계획을 준비해왔기에 자신감이 넘쳤다.

머리카락은 풍성하게 길었고 수염은 덥수룩하게 자랐다. 최대한 그가 나를 알아볼 수 없게 말이다. 키가 큰 탓에 허리도 구부정하게 걸어 다녔다. 걸음걸이를 바꾸는 연습은 그리 어렵지 않았다. 가끔씩 습관적으로 나오는 행동들도 있었지만, 인간은 결국 길들기 마련이다. 그렇게 예전 습관은 서서히 사라져버렸다.

평소 태권의 귀가시간은 늦었다. 돌아오는 시간에 맞춰 야간 근무 시간을 여러 번 변경했다. 이렇게 맞물려 맞아떨어지기까지 그의 일상 패턴을 수치로 기록했다. 몇 번의 실패를 거듭한 끝에 바로 오늘이 디데이였다. 이 순간이 오기까지 적잖은 시간이 걸렸다. 이제 계획을 실행에 옮길 시간이다.

그가 잠이 들기를 한참 동안 기다렸다. 불이 꺼진 걸 확인했다. 불이 꺼졌다고 그가 잠이 들었다는 확신이 없었다. 여기서 중요한 건 그가 절대 잠들면 안 된다는 것이었다. 태권이 살고 있는 아파트 단지와 층마다 설치되어 있는 CCTV를 조작했다. 조작은 그리 어려운 게 아니었다. 스위치만 끄면 되는 일이었다. 나에 대한 기록은 남지 않을 것이다. 설령 문제가 되더라도 오작동에 대한 실수의 책임만 지면 그만이다. 최악의 상황이라고 해봤자 경비원을 그만두는 것이 전부다.

'띵동' 현관문 앞에 서서 벨을 눌렀다. 주변을 살폈다. 사람은 없었다. 몇 초가 흐른 뒤 인터폰에 소리가 들려왔다.

"누구세요?"

"관리소 경비입니다. 6층 아랫집에서 누수가 발생한다는 민원이 있어서, 늦은 시간에 실례를 무릅쓰고 찾아왔습니다."

약간의 정적으로 보아 인터폰으로 누군지를 유심히 확인하는 것 같았다. 그동안 오늘을 위해 변화된 내 모습을 오고 가며 눈인사로 그의 기억 속에 심어 놓았다. 인터폰 화면에 비친 내 모습을 보고 평소에 자신이 알고 있는 경비 아저씨일 거라 생각하고 있을 것이다.

'철컥' 문이 열렸다. 절반의 성공이다. 나는 흥분하지 않았다. 그는 서서히 문을 열고 눈동자만 확인할 정도로 빼꼼 고개를 내밀었다. 문에는 쇠사슬로 된 잠금 고리가 걸려 있었다. 꼭 집안까지 들어가야 한다. 확실한 결과를 만들기 위해 나도 고개를 슬쩍 들이밀었다. 내부에서 흘러나오는 간접 조명의 불빛이 내 신분을 확인시켜 주었다.

태권과는 몇 번 마주친 적이 있지만, 대화를 한 적은 없었다. 그는 내 목소리를 아직 모르고 있다. 최대한 신경 써서 목소리에 변화를 주었다.

"저 기억하시죠? 이곳 B동 경비원인데…"

태연한 척 흐릿한 태권의 기억을 깨우기 위해 질문으로 대답할 기회를 던졌다.

"기억은 하는데 밤늦게 뭐예요?"

"허허. 죄송합니다. 아랫집에서 누수 때문에 살 수가 없다나 뭐라나? 이거 어떡합니까? 늦은 시간이라도 확인은 해야겠고,

규정이라 잠깐이면 되니 양해 좀 구하겠습니다."

"누수가 어디서 발생한다는 건데? 나는 집에선 특별히 하는 게 없는 사람이야. 그리고 이곳으로 이사 온 지도 얼마 안 됐고."

반말이 섞인 격앙된 목소리였다. 하긴 내 행동에 충분히 짜증이 날 만도 했다. 경비원은 제대로 된 대우를 못 받는 직업이다. 화가 난 그가 나를 때린다 해도 마땅한 대책이 없다. 중요한 건 그가 나를 때리려면 어쨌든 문은 꼭 열어야 했다. 그러면 성공이다. 하지만 그렇게 되면 주변이 매우 시끄러워질 것이다. 그건 최후의 보루가 되어야 했다.

태권이 언제 이사 왔는지는 관리소의 컴퓨터 기록을 통해 이미 확인한 상태다. 은연중에 그는 거짓말을 하고 있었다. 경비원 따위가 뭘 알겠냐는 듯 내가 모를 거라 생각한 것이다.

마침내 그가 잠겨있던 고리를 풀고 현관문을 열었다. 나는 집 안으로 들어갔다. 태권은 스위치를 올려 거실 조명을 밝혔다.

"혼자 계신가요?"

태권은 미간을 찌푸렸다. 불쾌한 듯 보였다.

"그게 지금 중요해요? 빨리 확인하고 가요."

"이게 혼자 처리하기엔 매우 힘든 작업이라서요. 일단 주방 쪽에서 누수가 있다고 하니 거기부터 살펴보겠습니다."

나는 주방으로 자리를 옮기고 누수를 살피는 척하면서 서랍을 열어 도구가 될 만한 게 없는지 살폈다. 두 번째 서랍을 열어보니 마침 칼이 보였다. 칼을 한 손으로 집어 든 뒤 허벅지 위에 조용히 감췄다. 태권을 한번 쓱 본 후에 말을 계속 이어갔다.

"잠시 이쪽으로 와주시겠어요? 싱크대 밑쪽에 물이 새는 게 보이네요."

태권은 의아해하면서도 귀찮다는 듯 천천히 다가왔다.

"어디요?"

"여기 안쪽을 자세히 보면 보일 겁니다."

허리까지 숙여가며 태권은 확인했다. 그 순간 뭉툭한 칼자루로 그의 후두부를 강하게 내리쳤다. 그가 기절하듯 쓰러졌다. 성공이다. 일은 생각보다 쉽게 풀렸다. 경비원을 우습게 본 대가이다.

가방에서 준비해온 밧줄을 꺼내 쓰러진 태권의 손과 발을 단단히 묶었다. 그리고 입안엔 재갈을 물렸다. 집에 방은 모두 3개였고 열린 두 개의 방과 달리 마지막 하나의 방은 굳게 닫혀있었다. 그 방은 마치 금고처럼 문에도 전자식 잠금장치가 있었다.

쓰러져 있던 태권의 복부를 강하게 발로 찼다. 충격이 내장을 뒤흔들었는지 연거푸 콜록거리며 태권이 깨어났다. 태권은 모든 상황을 인지하고 거칠게 발버둥을 쳤다. 그러다 나와 눈이 마주쳤다.

"어… 아… 우…"

입에 물린 재갈 때문에 태권의 목소리가 제대로 들리지 않았다.

"잘 들어. 만약 내가 재갈을 풀었을 때 소리라도 지른다면 네 목을 바로 그어 버릴 거야. 내 말을 이해했다면 고개를 끄덕이면 돼."

태권은 고개를 연신 끄덕였다.

"내가 누군지 알까나?"

"누… 누구냐 넌? 너… 내가 누군지 알고 이 짓거리를 하는 거야."

"나는 네가 누군지 잘 알아. 그리고 네가 누구든 간에 나를 두려움에 떨게 만들 사람은 이 세상에 단 두 사람뿐이야. 그러니 그런 으름장은 집어치워."

새파랗게 질린 얼굴로 태권은 움찔 놀랐다. 사람들 뒤에 숨어서 더러운 짓만 했지 자신이 막상 수모를 당하고 나니 겁쟁이가 된 모습이었다.

"몇 가지 질문을 할 건데 네가 하는 대답에 따라 빨리 죽거나 조금 더 느리게 죽거나, 아니면… 불구가 되거나 그건 네 결정에 따라 달라진다. 첫 번째, 왜 소미의 집 앞에서 그녀를 감시한 거야?"

태권은 소스라치듯 놀란 표정이다.

"소미? 그게 누군데?"

태권도에는 앞차기란 기술이 존재한다. 앞차기란, 발을 정면으로 강하고 곧게 뻗어 모든 힘을 발끝에 집중하여 내리치는 기술이다. 겉보기에는 약해 보이지만 그 파괴력은 엄청나다. 나는 태권에게 방금 그 앞차기를 날렸다. 명치에 타점이 정확히 꽂힌 태권이 꼬꾸라져 바닥에서 발버둥 친다. 사람이 명치를 맞으면 약간의 충격으로도 호흡곤란이 오고 그로 인해 목소리가 나오질 않는다. 치명적인 급소이다. 리모컨으로 티브이의 볼륨을 높였다. 들고 있던 칼을 쓰러진 태권의 눈앞에 들이밀었다. 울고 있던 아이가 울음을 뚝 그치듯 태권은 자신의 어금니를 꽉 물었다. 턱관절이 드러나 보일 정도의 악력이었다.

"잔머리 굴리지 마. 한 번 더 허튼짓하면 죽는다."

불편한 호흡으로 태권은 말했다.

"그래, 생각났어! 소미 그년이 내게 모욕감을… 줬어."

그는 내 질문에 대한 정확한 대답을 하지 못하고 말끝을 흐렸다.

"그래서? 소미를 괴롭힌 거야? 소미를 죽이고 싶었어? 네가 그랬니?"

"뭐… 뭘?"

"소미의 손가락을 네가 잘랐니?"

태권은 기겁하며 몸을 꿈틀거렸다.

"왜 그랬어? 도대체 왜? 연약한 여자의 손가락을 자를 만큼, 한 여자의 인생을 망칠 만큼 그게 그렇게 큰 죄를 지은 거야?"

"…"

앞차기의 충격 때문인지 태권의 눈동자가 내 발을 가리켰다.

"그래, 할 말이 없을 테지. 인간이라면 없어야 정상이지. 다음 질문. 저 방은 왜 잠겨있지? 비밀번호가 뭐야?"

"비밀번호는… 없어. 정말이야. 번호는 쉽게 노출될 수도 있고, 내가 없어도 풀 수 있기 때문에 설정을 안 했어. 믿어줘."

"그러면 어떻게 해야 열 수 있는지 말해."

태권은 두려움에 떨고 있었다. 그건 나에 대한 무서움이 아니다. 소미에 대한 이야기까지 나온 마당에 그는 이미 마음의 준비를 하고 있을지 모른다.

태권을 밧줄로 묶은 이후부터는 내 본래 목소리로 말했다.

"너… 누군지 알 것 같아. 내 이마의 상처가 욱신거리는 이유가 너 때문이었구나."

"이제야 기억나니?"

"하하하. 개새끼. 나를 죽이려고?"

태권이 갑자기 미친 듯이 웃었다.

"웃어? 이 상황이 재밌구나 너. 저 문은 네가 없어도 쉽게 부술 수가 있는데 그래도 웃음이 나올까?"

"멍청한 새끼. 넌 내가 우습지? 김석태! 항상 예전부터 나를 무시했어. 네가 나보다 잘난 놈이라고 생각했겠지. 쥐뿔도 없는 거지새끼들은 그런 너를 빨아줬고, 내가 하나만 알려줄까? 저 문을 열어도 그 안에는 커다란 금고가 있어. 금고는 오직 나만이 열 수가 있거든. 특수 제작된 최신식 금고야. 누가 더 손해인지 잘 생각해봐. 너 아직도 소미를 사랑하지? 그러면 나한테 이러면 안 되지."

"지금 현실을 자각하지 못하고 있는 것 같은데 너는 이미 손발이 꽁꽁 묶여서 아무것도 할 수 없어. 사태 파악 좀 하지."

"어리석기는… 너에게 이 말을 하게 될 날이 올지는 꿈에도 몰랐는데 결국 하게 되는군. 잘 들어."

태권은 그 시절 그때처럼 거들먹거리며 소미에 대한 이야기를 해주었다. 짐작대로 소미의 인생을 지옥으로 만든 인간은 태권이었다. 소미의 손가락을 자른 것도, 내가 다니던 회사에 소미를 취직시킨 것도 태권이 한 짓이라고 말했다. 하지만 그건 시작에 불과하다고, 소미의 인생을 더욱 불행하게 만들기 위한 계획의 작은 일부라고 말했다.

갑자기 내가 퇴사를 하게 된 건 일종의 변수였지만, 소미에 대한 계획은 변함이 없다고 했다. 앞으로 소미는 새끼손가락뿐만 아니라, 다른 신체 부위도 잃게 될 거라고 했다. 이미 자신은 계획을 실행할 사람들에게 돈을 지불한 상태라고 말했다. 손가락, 팔, 다리 등 모든 사지를 절단하고 결국엔 최악의 상황에서 그녀를 자살로 몰아세울 거라 말했다. 모든 것은 사고사로 처리될 것이고, 자신은 전혀 관련이 없는 사람으로 남게 될 거라 말하며 자신감이 넘치는 비열한 웃음을 지었다. 만약 자신을 죽이거나 해코지를 하게 된다면, 누구도 막을 수 없는 결과를 초래할 것이라 단언했다.

태권의 악행을 막을 수 없을지도 모른다. 그렇다고 악마 같은 사이코패스 미친개를 세상에 풀어 놓고 제멋대로 하게 놔둘 수는 없다. 오히려 나나 소미뿐 아니라 아버지에게도 태권이 무슨 짓을 할지 모른다. 악마를 잡기 위해선 더 무서운 악마가 필요하다. 나는 악마가 돼야 한다. 그래서 태권을 꼭 죽여야 한다. 이건 단순히 복수를 위한 살인이 아니다. 세상을 위한 정의다.

"지금 네 말은 결국 나에겐 선택지가 없다는 거구나. 하지만 나한테는 너를 살려둘 이유가 없다는 말로 들리는데. 그렇다면 내 계획도 수정해야겠군. 잘 들어. 지금부터 난 너의 사지를 모두 자를 거야. 너는 태어나 느껴 본 적 없는 고통에 몸부림을 치게 되겠지. 아마 참을 수 없는 고통일 거야. 너는 내게 차라리 죽여달라고 애원하고 빌지도 몰라. 불행히도 나는 네 애원에도 눈 하나 깜박거리지 않을 거야. 내가 그렇게 잔인한 행동을 할 수 없을 거란 생각은 하지 마. 나는 이제 두려울 게 없거든. 이제 곧 저 문을 산산이 부숴버리고 잘라 낸 네 손가락을 이용해 금고를 열 거야. 손가락이 안 된다면 손을 자를 거고 그것마저 실패한다면, 네 눈을 칼로 도려내겠지."

내 말이 끝나자 태권은 넋이 나간 듯 온몸을 바들바들 떨고 있었다. 조금 전까지 하늘을 찌르던 자신감은 완전히 사그라들었다.

"잠깐! 내 얘길 들어봐. 너 실수하는 거야. 거짓말 아니라고."

"알아. 진심이란 거. 넌 그러고도 남을 인간이야. 하지만 난 네 말을 믿지 않아. 넌 원래 그렇게 태어난 인간쓰레기니까. 인간은 고쳐 쓸 수 없는 존재야. 너는 살기 위해서 온갖 거짓말로 이야기를 꾸며 낼 테지. 내 마음속 깊은 곳으로부터 아직 마르지 않은 선한 감정을 자극해 어떻게든 살아날 궁리를 할 거야. 근데 이걸 어쩌지? 조금 전 네가 한 더러운 이야기를 듣고나니 널 살려두고 싶은 생각이 전혀 없어. 사이코패스는 선천적으로 그렇게 태어난 인간이야. 넌 사이코패스고, 그런 너를 처단하기 위해서 나는 후천적 소시오패스가 된 거야."

나는 태권의 입에 다시 재갈을 물렸다. 오른발에 힘을 실어 잠겨있는 방문을 거세게 차버렸다. 두세 번만에 문은 바로 열렸다. 들어간 방 안에는 태권이 말한 대로 커다란 금고가 있었다. 최신식 금고였다. 거짓말은 아니었다. 방 천장에 거의 닿을 정도의 높이였고 양팔을 벌린 길이보다 더 긴 구조로 돼있었다. 정면에는 렌즈로 보이는 작은 카메라가 있었고, 스크린을 터치하니 손 모양의 그림이 나왔다. 태권의 홍채와 손이 필요했다.

다시 태권에게 다가가 등 뒤로 단단히 묶인 손을 잡아 손가락을 곧게 폈다. 죽을힘을 다해 그는 발버둥을 쳤다. 자신의 손가락을 자를 거라 생각한 듯 주먹을 꽉 쥐었다.

태권이 살아있는 상태로 홍채인식과 지문인식을 할 수는 없을 것이다. 현실적으로 사지를 자르는 건 무리였다. 태권을 죽인 후에 그를 옮겨 금고를 열어야 한다. 그런데 언제나 변수는 존재했다. 생각을 해야 한다.

다시 자리에서 일어나 냉장고로 향했다. 냉동실을 열어 손바닥을 얼음 위에 올려놓았다. 얼음에 달라붙은 손바닥이 시려오고 약간의 고통을 느꼈다. 고통이 나쁘지 않았다. 조금 더 조금만 더⋯ 얼음에서 손을 떼고 냉장고 문을 닫았다. 나는 빠른 걸음으로 금고로 다가갔다. 손에 묻은 물방울을 옷에다 쓱 훔치고 지문을 인식하는 스크린에 가져다 댔다. 역시나 '인식할 수 없는 대상입니다.'라는 음성이 흘러나왔다.

'이제 어떡하지?'

보통 다른 사람의 손이라면 '지문이 틀립니다.' 또는 '정확히 가져다 대십시오'라는 말이 나와야 되는 게 맞다. 그런데 대상을 인식할 수 없다는 건 체온의 영향을 받는다는 것이다.

사람이 죽게 되면 평균적으로 한 시간을 기점으로 시체의 온도가 떨어진다. 다 큰 성인 남성의 시체를 혼자의 힘으로 금고까지 끌고 가서 손과 눈을 이용해 금고를 열 수 있을까? 어림잡아 태권의 몸무게는 80킬로에 가까워 보인다. 사후 혈액순환이 정지하고 혈액 침하가 진행되거나, 시체의 몸에 경직이 일어나 무게가 늘어난다면 더 골치가 아파질 것이다. 짧은 지식으로 판단하건대 최대 2시간을 넘어서는 안 될 것이다. 제일 중요한 건 경비실을 오랜 시간 비울 수 없다는 것이다. 시간이 없다. 서둘러야 했다.

일단 금고에 최대한 가까운 거리까지 태권이 살아있는 상태로 질질 끌어 옮겼다. 역시나 그는 물 밖으로 떨어진 죽어가는 물고기처럼 파닥거렸다.

거실로 가서 의자를 하나 가져왔다. 의자의 모양새는 흔히 볼 수 있는 구조로 바닥을 지탱할 수 있는 4개의 다리와 등을 받쳐 주는 등받이가 있는 형태였다. 높이는 약 1.5미터쯤 됐다. 의자를 금고 앞에 세워두고 렌즈의 높이만큼 튼튼한 작은 테이블을 옮겨다 놓았다.

나는 태권을 어떻게 죽일지 지금 결정해야 했다. 마음 같아서는 사지를 찢어발기고 손에 쥔 칼로 무한정 찌르고 싶은 마음이 가득했다. 그런데 만약 그렇게 한다면 쉽게 발각될 흔적만 남길 것이다. 되도록 조용한 방법을 선택해야 했다. 칼은 그를 위협하기 위한 용도였을 뿐, 목을 졸라 죽이는 것이 가장 깔끔할 것이다. 내 성향과도 맞는 방법이었다.

바닥에 눕힌 태권의 몸을 정면으로 돌렸다. 태권은 여전히 밟힌 지렁이처럼 꿈틀대고 있다. 그의 몸 위로 격투기 선수가 마운트를 하는 것처럼 올라가 앉았다. 떨리는 두 손으로 그의 목을 움켜잡았고, 서서히 그의 목을 조르기 시작했다. 나와 눈이 마주친 그는 몸을 부르르 떨며 어떻게든 살아보려고 발버둥 쳤다. 나는 손에 좀 더 힘을 주어 태권의 숨통을 조였다. 물린 재갈의 틈을 비집고 걸쭉하게 고인 태권의 침이 용솟음치고 있다. 비포장도로를 달리는 시골길 버스를 탄 것처럼 내 몸은 덜컹거리며 요란하게 흔들리고 있었다. 그럴수록 분노가 치밀어 올라

손의 악력은 더욱 강해졌다. 쉴 새 없이 방황하는 태권의 눈동자와 새하얀 흰자 위로 붉은 실핏줄이 퍼져 나갔다.

10초가 지나가고.

11초

12초

·

·

·

30초.

흔들거리던 태권의 몸뚱어리는 점점 보드라운 방석처럼 편안해졌다. 혹시 죽은 척 연기를 할지도 모른다는 생각에 마지막 온 힘을 모아 손가락 마디마디에 힘을 실었다. 이미 내 팔뚝의 힘줄은 도드라지게 올라온 상태였다.

심리학자 융에 따르면, 인간은 누구나 사회적 압력에 적절히 반응하기 위해 천 개의 가면을 가지고 살아가며, 다양한 상황에 따라 적절한 페르소나를 사용해 사회적 관계를 맺어가는 존재라 한다. 나는 천 개의 가면 중에서 가장 무서운 가면을 하나 꺼내 든 것이다.

때마침 맞춰놨던 손목시계의 알람이 그의 죽음을 알리듯 조용히 울리기 시작했다. 황급히 자리에서 일어나 태권의 손과 발을 묶은 밧줄을 잘라냈다. 태권의 양쪽 겨드랑이에 두 손을 넣어 감싸고 그의 가슴 앞에서 깍지를 끼워 들어 올렸다. 미리 옮겨 놓은 의자에 태권을 앉혔다.

학창 시절 땡땡이를 치고 화장실로 가서 뚜껑을 닫은 후, 다리를 벌려 변기를 마주 보고 앉은 상태에서 물탱크 위에 엎드려 잤던 철봉이가 떠올랐다. 마치 그런 자세로 태권을 의자 반대 방향으로 앉혔다.

숨을 잠시 고르고 태권을 안은 상태에서 그대로 일으켜 세웠다. 의자 위에 나의 오른발을 올렸다. 계단 여러 개를 한 번에 오르는 자세였다. 무릎을 지렛대 삼아 태권의 엉덩이를 살짝 올려 무릎 위에 고정시켰다. 적당한 높이의 위치가 된 상태로 태권의 눈을 렌즈에 가져다 댔다. 파란색 표시로 인증이 완료되고, 오른손 손바닥을 들어 지문 인증까지 시도했다. 그러다 손이 미끄러져 태권의 팔이 떨어졌다. 갑자기 인증 실패라는 음성이 들려왔다. 렌즈로 홍채인식이 완료되고, 지문을 인증할 때까지의 유효시간이 존재하는 것 같았다. 적어도 5초를 넘으면 안 된다. 다시 태권의 머리를 들이밀어 홍채인식을 하고, 곧바로 지문인식까지 연이어 시도했다. '인증되었습니다.'라는 음성과 함께 '철컥' 소리가 들려왔다. 태권의 몸뚱어리를 그제서야 옆으로 내

던져버렸다. 쿵 소리와 함께 그의 몸이 바닥으로 꼬꾸라졌다.

금고가 열리고 안으로 들어가니 또 다른 방이 나왔다. 방 안은 상당히 깔끔했고 실내 온도는 밖의 기온보다 5도 정도 낮아 보였다. 긴팔을 입었음에도 서늘한 공기에 재채기가 나왔다. 방에는 어둠이 깔려있었다. 나는 입구 벽면을 몇 번 더듬어 스위치를 찾았다.

태권의 취향이 고스란히 반영된 듯한 고급 클럽의 내부처럼 LED 조명 빛이 내부를 감쌌다. 좌측에 놓인 고즈넉한 테이블은 스위스 장인 시계공이 앉아 정교한 작업도 거뜬히 할 법한 느낌이었고, 크고 작은 고가의 장비들이 곳곳에 놓여 있었다. 도대체 그는 이곳에서 무슨 짓을 한 걸까?

양쪽 벽면에는 문서들이 규칙 없이 붙어 있었는데, 형광펜으로 밑줄까지 그어놓은 걸 보니, 문서에 담긴 내용이 매우 중요해 보였다. 이곳은 작은 박물관이나 연구실을 옮겨 놓은 듯한 느낌도 들었다.

한쪽 구석에는 작은 소파가 놓여 있었다. 그 위에는 작은 태블릿 하나만 덩그러니 놓여 있었고, 바로 옆에는 미니 냉장고가 보였다. 나는 급한 마음에 태블릿을 집어 들었다. 스크린을 터치하니 암호를 입력하라는 화면이 나왔다. 암호 해제를 위한 방법은 3가지였다. 비밀번호, 페이스 아이디, 지문인식이었다. 난감한 상황이었다.

'띵동'

인터폰이 울렸다. 이 시간에 누굴까?

♯

금고 밖으로 나가 누군지부터 확인했다. 화면에 비친 사람은 옆집에 사는 최 씨였다. 최 씨는 정확히 나와 안면이 있는 사람이다. 그는 이틀 전 부모님이 계신 시골에 다녀온다고 말했었다. 장기간 집을 비우면서 자신에게 올 택배가 있으니 당분간 보관을 해달라고 내게 부탁했던 것이다. 아마 3일 동안은 집을 비울 거라고 했던가. 나는 예기치 못한 상황을 대비해 옆집까지 신경써왔다. 태권과 옆집의 상황을 고려해 3일 중 최적의 날을 선택했고, 그날이 바로 오늘이었던 것이다. 그런데 그가 왜 벌써 집에 도착한 것일까?

나는 태권의 말투를 흉내 내어 연기를 하기 시작했다. 제발그가 속아주기를 바랐다.

"누구요?"

"새벽에 왜 이렇게 시끄러워요? 티브이 볼륨 소리 좀 줄이고,

쿵쾅거리지 맙시다."

태권이라면 이 상황에서 화를 냈을까? 아니면 조용히 받아들였을까?

"네, 알겠습니다."

대답을 마친 후 인터폰 화면을 계속 바라봤다. 최씨는 짧은 내 대답에 입술을 씰룩거리며 돌아갔다.

금고로 다시 돌아가 바닥을 향해 쓰러진 태권의 몸을 발로 밀쳤다. 한 번에 되지 않았다. 쓰레기 같은 인간이었지만 죽어 있는 사람을 강하게 발로 차는 건 힘들었다. 그렇다고 손을 쓰고 싶진 않았다. 몇 번을 더 시도했다. 열 번 찍어 안 넘어가는 나무는… 역시 없었다. 성공이다.

태블릿을 태권의 얼굴에 가져다 비췄다. 그런데 문제가 생겼다. 죽은 태권의 눈이 감겨 있었다. 실눈이라도 뜨고 있었다면 노력이라도 해볼텐데. 몇 번을 시도했지만 번번이 실패했다. 이제 남은 건 지문인식뿐이다. 오른손? 왼손? 엄지? 검지? 결국 열 손가락을 전부 찍고서야 잠금이 풀렸다.

맞춰 놓은 손목시계의 두 번째 알람이 울렸다. 이번엔 정말 밖으로 나가야 할 시간이다.

떨어진 칼을 집어 처음으로 사람의 손가락을 잘랐다. 김치찌개용 돼지고기를 자르는 것과는 많이 달랐다. 단단한 뼈 때문이다. 두 마디를 자르려 했던 계획을 변경하여 한 마디만 잘랐다. 둔탁한 소리에 토악질이 나올 뻔했다.

다시 금고로 들어갔다. 마지막으로 궁금했던 미니 냉장고를 열었다.

이런! 개 같은 인간. 욕이 절로 나왔다.

값비싼 보석도 아닌 손가락을 박제하여 전시해 놓았다. 손가락 뒤에는 소미의 사진이 붙어있었다. 울분을 애써 감췄다. 소미의 손가락을 가져온 가방에 넣었다.

들고 있던 태권의 손가락은 피로 흥건했다. 주방으로 이동해 지퍼팩에 담았다. 싱크대에서 손에 묻은 피를 닦아 냈다. 이번엔 정말 나가야 한다. 나는 빠르게 흔적들을 지웠다. 그리고 조용히 문을 열고 밖으로 나갔다.

♯

현재 시간은 새벽 2시. 황급히 경비실로 가는 중이다. 자리를 너무 오래 비운 탓에 발걸음이 빨라졌다. 순찰 중에는 경비실의 문을 잠그게 되어있다. 그것이 규칙이었다. 이 아파트는 집값의 시세에 비해 지은 지 20년이나 된 낡은 아파트였다. 그래서 경비실 잠금장치도 전자식이 아닌 열쇠로 되어있었다. 주민들은 경비실 따위는 관심도 없었다. 그래서 시설에 돈을 쓰지 않았다. 경비원이란 집으로 오는 택배 물건이나 보관하며 자신들이 살면서 불편한 사소한 잡일이나 해주는 일꾼이라 생각했다. 잠긴 문을 열쇠로 열었다.

갑자기 누군가가 어깨를 가볍게 쳤다.

"어이. 김군."

나는 깜짝 놀라 가슴이 철렁 내려앉았다.

돌아보니 최 씨가 서 있었다.

"아… 네. 최 씨 아저씨. 무슨 일이예요?"

"자네, 어딜 그렇게 다녀와?"

혀가 살짝 꼬인 말투와 비틀거리는 몸짓이 술에 취한 듯 보였다. 그러나 만취상태는 아니었다.

"순찰… 다녀왔죠."

"그래? 뭔 놈의 순찰을 몇 시간씩 하는 거야? 내가 아까부터 기다렸잖아."

"다른 아버님들이 다들 연세가 있으셔서 평소에 순찰을 살살 하고, 제가 밤 근무일 때 좀 더 자세히 순찰을 하고 있어요. 그런데 왜 저를 찾으신 거죠?"

"예끼~ 이 사람아. 내가 자네한테 부… 부탁했잖아. 택배 말이야."

"아, 네. 일단 들어오세요."

그와 함께 경비실로 들어갔다. 가방을 테이블에 올려놓고 구석에 놓인 택배 상자를 들어 건네주었다. 그런데 그는 물건을 받고도 돌아가지 않았다.

"무슨 할 말이 있으신가요?"

최 씨가 나를 노려본 건 아니었으나 술에 취해 의도치 않은 시선으로 나를 내려다봤다. 고개를 뒤로 젖힌 각도로 보아 고개를 지탱하기 힘들어 보였다.

"김 군. 나 민원 좀 넣을게."

"네? 뭔데요?"

"거 왜 우리… 옆집 그 싸가지 없는 놈 있잖여."

"싸가지요?"

"그래. 젊은 놈이 고급 승용차 타고… 그 거들먹거리는 놈 말이여."

그는 태권을 얘기하는 듯했다.

"그 사람이 왜요?"

최 씨가 택배 상자를 양손에 든 채로 심각한 표정을 지으며 말했다.

"그 인간 왠지… 이상하지 않아?"

"뭐가요? 어떤 점이…"

최 씨의 속내를 듣기 위해 대답을 기다렸다.

"지금까지 계속 쥐 죽은 듯이 있는 둥 마는 둥 살았는데… 오늘은 엄청 시끄럽더라고. 그래서 내가 아까 김 군 만나기 전에 한 소리 했더랬지. 그런데 평소답지 않게 고분고분하더라고. 이상해."

나는 궁금했다. 최 씨가 어디까지 알고 있는지가 궁금했다.

"그래서요?"

"그래서는 무슨 그래서야? 원래… 사람이 안 하던 짓을 하면 죽을 때가 된 거래. 물론 젊은 놈이 당장 죽지는 않겠지만 말이야."

"네?"

이건 무슨 의미일까? 나를 떠보는 것일까? 혼란스러웠다.

"아니. 그게 아니고. 내가 부모님 댁에 갔다 왔잖아. 우리 어머니가 그랬어. 아마 곧 돌아가실 것 같아. 왜 그 느낌 있잖여. 그래서 오늘 짐 좀 챙기려고 왔어. 다시 내려가야 해. 근데 갑자기 두렵더라고… 사랑하는 사람이 앞으로 죽을 거라는 사실을 미리 알고 산다는 게… 너무 슬프더라고. 그래서 한잔했어야. 김 군! 내 맘 이해해?"

나는 누구보다 그 기분을 잘 알고 있다. 영원히 죽는 것과 죽을 때까지 고통받고 사는 것은 다를 바가 없었다.

"일단 들어가세요. 잠을 좀 자야 또 열심히 어머니를 보살필 테니 오늘은 푹 쉬세요."

"어휴! 내가 이런 얘기를 왜 한 건지… 암튼 미안해. 노인네 주책이니께."

"네, 들어가세요."

몇 시간 후, 아침 경비 시간대를 책임지는 아버님이 오셨다. 나이는 환갑이 넘은 나이였지만 자신에게 형님이라고 부르라고 하셨다. 그렇게 부른다면 남들이 보기엔 버릇없는 놈으로 보일 것이다. 하지만 형님이란 말이 듣고 싶다는 분의 간곡한 부탁을 거절할 순 없었다. 어쨌든 홀로 쓸쓸히 살아온 나에게 처음으로 형님이란 존재가 생겼다.

"동생. 내가 조금 늦었지? 어때? 별일 없나?"

"네, 형님. 평상시와 다를 건 없었습니다. 그럼 몸조심하시고 내일 뵙겠습니다."

"응, 그래! 잘 들어가고."

집으로 돌아온 나는 잘라온 태권의 손가락을 이용해 태블릿의 잠금장치를 풀었다. 최근 통화 목록부터 확인했다. 단순히 전화번호만으로는 누군지를 알 수가 없었다. 메일을 확인하기 시작했다. 메일에 중요한 내용은 없어 보였다. 대부분이 광고메일이었고, 스팸 메일함만 가득 차 있었다. 갈 곳을 잃었다. 의심이 될 만한 앱도 확인했다. 그중에서 앱스토어가 아닌 설치형으로 보이는 제작 앱이 눈에 띄었다.

'솔버(solver)'

곧바로 인터넷을 검색해 무슨 뜻인지를 확인했다.

'해결사…'

앱은 단순했다. 접속을 하게 되면 Yes와 No 두 가지 버튼뿐이다. 확률은 50%다. 직감적으로 Yes를 눌렀다. 기대와는 다르게 질문이 나왔다.

'당신은 고양이와 강아지 중에서 어느 것을 좋아하는가?'

그리고 질문 밑에는 빨간 글씨로 경고 문구가 적혀 있었다.

'만약 원하는 답이 아니라면 영원히 밴(ban) 당할 것이다.'

뭐지? 질문은 자신이 좋아하는 동물 중에서 고양이와 강아지를 고르는 단순한 문제였다. 하지만 경고 문구는 경고이면서 동시에 질문에 대한 힌트로 보였다. 요컨대 질문은 접속을 위한 비밀번호를 상징하는 것이다. 젠장! 드디어 모든 것이 끝났다고 생각했는데, 결국 소미를 구할 방법은 알아낼 수 없는 걸까? 교착상태에 빠졌다.

태권의 말대로 솔버(solver) 앱이 깔려 있다는 건 계획이 있었고, 이미 해결사를 통해서 실행됐다는 말이다. 현실적으로 24시간 동안 소미를 감시할 수는 없다. 더욱이 언제 어디서 누군지도 모르는 위험으로부터 소미를 지킬 수도 없다. 두 번째 교착 상태에 빠졌다.

김석태! 멍청한 놈! 생각을 해보자.

소미에게 내가 다니던 회사에서 일을 시켰다는 건 얼마간의 여유 시간이 존재한다는 것이다. 그렇지 않고서야 소미를 그곳으로 보낼 이유는 없다. 소미가 입사한 지 대략 일주일 내외다. 시간이 더 지나기 전에 앱을 접속하여 그놈들의 정체를 밝히고 해결해야 한다. 마음이 급했다.

태권은 이미 모든 계획을 해결사들에게 지시했다. 돈은 지불이 된 상태라고 했다. 물론 모든 금액을 전부 주진 않았을 것이다. 첫 번째 사건이 벌어지기 전에 해결해야 한다. 계획이 실행되고 나머지 잔금을 지불하지 못하면, 그들은 태권에게 큰 문제가 생겼다고 판단할 것이다. 아니면 지불 불이행으로 또 다른 변수가 생길 것이다. 소미의 생명이 위험할지도 모른다. 독한 놈! 태권은 죽어서도 나를 괴롭히고 있었다.

그의 태블릿을 열기 위해 손가락을 휴대하고 다니는 건 미친 짓이다. 지문을 뜨는 방법이 확실하다. 그동안 영상과 외국 사이트들을 찾아서 지문을 뜨는 방법을 배웠다. 최대한 얇게 지문을 도려냈다. 핏물을 제거하고 포르말린을 발랐다.

다음 날, 더 이상 경비 일을 할 필요는 없었지만 말없이 일을 그만두거나 무단결근을 하게 되면 살인사건의 범인으로 의심을 받을 것이다.

늦은 오후, 아무 일 없는 듯이 관리실로 출근했다. 관리소 안에는 아침에 교대를 했던 형님이 계셨다. 형님은 나를 보더니 주변을 살폈다. 그리고 조용히 속삭였다.

"동생. 어제 살인사건이 났대. 아까 경찰이 왔다갔어. 어제 혹시 뭐 본 거 있어?"

"네? 전혀요."

"그런데 아까 경찰이 CCTV 영상을 가져갔어."

경찰은 태권의 시체를 발견했다. 물론 가져간 CCTV에서는 아무것도 발견하지 못할 것이다. 당분간 평범한 시민으로 조용히 지내야 한다.

"형님. 저 내일은 개인적인 일로 좀 쉬어야 할 것 같아서 관리소장님한테 미리 말씀을 드렸습니다."

"그래? 다녀와. 몸조심하고. 세상이 너무 흉흉하니까."

♯

밤 11시가 되었고 집으로 돌아가 제일 좋은 슈트를 차려입었다. 노숙자 같던 긴 머리와 덥수룩한 수염도 잘랐다.

다섯 번째 계획, 태권을 조사한다.

나는 한국호텔로 향했다. 도착한 호텔 앞에는 그때 만난 남자가 입구를 지키고 있었다. 남자가 나를 한 번 쓱 보았다.

"들어가도 될까요?"

그가 말없이 고개를 끄덕였다.

클럽 안은 여전히 사람이 많았다. 하긴 돈 많은 사람들에겐 평일이든 휴일이든 중요하지 않았다. 나에겐 선택권이 없었다. 당연히 테이블 바에 앉아야 한다. 하지만 나에겐 시간적인 여유가 없다. 가만히 서 있던 내게 한 남자가 다가와 물었다.

"혼자 오셨나요?"

"네. 혹시 이 테이블에 앉는 데는 조건이 따로 있나요?"

"그건 선택입니다. 비용의 차이일 뿐이죠."

"그럼 여기에 앉겠습니다."

딱딱한 테이블 바가 아닌 아늑한 고급 소파가 있는 테이블에 앉았다. 장만식을 찾기 위해 주변을 두리번거렸다. 그러나 그의 모습은 보이지 않았다. 오늘도 실패인가. 누군가가 내 어깨를 두드렸다. 고개를 돌려 바라본 곳엔 리아가 있었다. 본명은 채지은!

"또 오셨네요."

"아… 오늘도 만났네요."

"앉아도 될까요?"

"앉으세요. 딱히 여기에 앉을 만한 여성은 없는 것 같군요."

여자는 반짝거리는 몸에 착 감기는 붉은색 원피스를 입고 있었다. 여자가 움직일 때마다 잉어의 비늘처럼 늘씬한 몸의 굴곡을 타고 아름답게 빛이 났다. 그런데 한 가지 궁금증이 생겼다. 지난번 다시 만날 거란 생각은 안 했기에 그녀가 여기서 무슨 일을 하는지 묻질 않았다.

"궁금한 게 있는데 오늘도 만난 걸 보면 이건 우연이 아니라 뭔가… 당신이 이곳에 손님으로 온 건 아닌 것 같다는 생각이 드는군요."

"그럼요?"

"음… 좀 더 높은 위치에 계신 분 같다는 생각이 드는데요."

"당신이 나를 보증 섰던 날에도 보통 일반적인 여성이 그런 말을 했다면, 입구를 지키고 있던 남자는 거절했을 겁니다. 그런데 아무런 말도 없이 남자는 나를 들여보냈습니다. 그건 당신이 평범한 인물은 아니라는 거죠. 내 말이 틀린가요?"

"눈썰미가 아주 좋네요. 그런 생각을 하셨다니 의외군요."

"실례지만 당신의 정체가 뭔가요?"

"정체라고 하니 꼭 탐정 놀이 같아요. 당신, 마담이 뭔지 알죠?"

"마담이요? 그냥 바지 사장과 같다고 생각하면 될까요?"

여자는 작게 웃음을 흘렸다.

"제가 실수라도 했나요?"

"아니에요. 맞는 말이죠."

"마담이시면 이 클럽 사장하고는 어떤 관계인가요?"

은근슬쩍 물었다.

"태권 오빠요?"

오빠? 지금까지 연상이라 생각했던 여자가 나보다 동생이었
다. 태권과 가까운 사이일지도 모른다. 물꼬가 트였다.

"친오빠는 아니죠?"

여자는 크게 웃었다.

"그럼요. 당신한테만 말하는 건데. 과거에 잠시 사귀었던
사이예요. 옛정이 남았던 건지 이 클럽을 저한테 맡겼을 뿐이
고요."

"혹시 두 분이 연인 관계였을 때 동물을 키우신 적이 있나요?"

"네? 그게 무슨…"

"보통 고양이나 강아지를 키우잖아요. 안 키우셨나요?"

제발, 뭐라도 키웠어야 한다.

"아뇨. 저는 동물을 좋아하지만 알레르기가 있어서요."

젠장.

"그런데 태권 오빠는 동물을 좋아해서 키웠죠. 만날 때마다 저는 알레르기 때문에 고생했고요. 지금 와서 생각해 보면, 그게 헤어진 이유 중 하나였던 것 같아요."

꺼져가던 불씨에 바람이 솔솔 불었다.

"혹시 키웠던 게 강아지인가요, 고양이인가요?"

가슴을 휘어진 화살처럼 그녀에게 들이밀었다. 여자가 과거의 기억을 더듬고 있었다. 그녀의 눈동자는 왼쪽을 향하고 있었다. 인간이 과거를 기억할 때는 좌뇌의 영향으로 시선도 똑같이 따라 움직인다고 한다.

"강아지였어요."

"그 강아지 이름이 뭡니까?"

"이름은… 발… 뭐였더라."

"발…"

나는 앵무새처럼 중얼거렸다.

"아. 발토였어요."

혹시 몰라서 이름까지 물었다. 다음 질문이 또 있을지도 모른다. 암컷인지 수컷인지도 알아야 할까? 머릿속이 복잡했다.

"암컷인지 수컷인지는 모르죠?"

"네? 그것까진… 그런데 우리가 왜 이 얘기까지 하게 된 거죠?"

"그저 호기심일 뿐입니다."

"그래요? 뭐. 우리 이제 딴 얘기하죠."

"죄송한데 연락처 좀 알려주세요."

"네? 오늘 자꾸 저를 놀라게 하시네요."

"잠깐 들린 거라 가봐야 합니다. 계산 부탁드립니다."

여자는 마지못해 일어나 건네받은 카드로 계산을 끝냈다. 그리고 명함을 한 장 주었다. 나는 밖으로 황급히 나왔다. 가방에서 도려낸 지문과 태블릿을 꺼내 들었다.

- 당신은 고양이와 강아지 중에서 어느 것을 좋아하는가?

- 강아지

- 강아지의 이름은 무엇인가?

- 발토

- 발토는 암컷일까? 수컷일까?

아~~~~악 젠장! 젠장! 젠장!

예상이 맞았다. 확률은 50%였다. 하지만 소미의 목숨을 담보로 배팅을 할 순 없다.

인생을 살면서 우리가 간절히 바라는 일은 아무리 노력해도 이루어지지 않는 경우가 더 많다.

내가 할 수 있는 모든 것을 쏟아부었다. 더 이상 소미를 구할 방법이 없다. 이미 경찰들은 태권의 시체를 발견했고, 그의 금고 또한 열어 볼 것이다. 그들은 결국 사건의 진상을 모두 알게 될 것이다.

소미에게 전화를 걸었다.

받지 않았다.

한 번 더 걸었다.

또 받지 않았다.

마지막으로 걸었다.

그제서야 소미의 목소리가 들렸다.

"소미야. 할 말이 있어."

그녀는 말이 없었다.

"비 오는 어느 날 강아지 한 마리가 길에서 떨고 있었어. 강아지는 아주 귀여웠고, 너무나 외로워 보였어. 불쌍한 마음에 집으로 데려가 욕조에 따뜻한 물을 받아 깨끗이 씻어주었지. 처음에 낯을 가리던 강아지는 조금씩 내게 다가와 초롱한 눈망울로 바라보았어. 나는 강아지의 이름을 발토라고 지었어. 발토는 과연 암컷일까? 수컷일까? 나는 정말 모르겠어. 소미야. 혹시 가르쳐 줄래? 이건 꼭… 너만이 대답할 수 있어. 대답해 줘."

한참 후에 마지못해 소미가 입을 열었다.

"술 취했니? 왜 자꾸 전화하는 거야?"

"아니. 나 술 안 취했거든. 정신 멀쩡해."

"너 또 떽떽거리는구나. 무슨 일인데?"

"그래서 발토는… 암컷일까? 수컷일까?"

"지금 그게 중요해?"

"응. 이건 내가 결정할 수 없어. 꼭 네가 알려 줘야 해."

"암컷. 이제 됐지?"

핸드폰을 들고 있는 상태로 태블릿에 있는 솔버(solver) 앱을 열었다. 부르르 손이 떨리기 시작했다. 몇 번을 망설인 끝에, 세 번째 질문에 대한 답을 적었다. 만약 질문에 대한 답이 틀린다면, 소미가 위험해질지도 모른다. 나는 두려웠다. 하지만 방법이 없었다. 나는 남자답지 못하게 소미에게 책임을 떠넘기고 있었다.

- 발토는 암컷일까? 수컷일까?

- 암컷

결과는… 결과는…?

- 틀렸습니다. 당신은 지금부터 영원히 밴(ban)입니다.

"소미야…"

눈물이 흘러내렸다. 밀려오는 울분의 헛구역질을 애써 참았다. 그로 인해 몸이 들썩이고 있었다.

"뭐야? 너 우니?"

"미… 안해."

"뭐가 미안한데?"

"나… 너한테 할 말이 있어."

"말해. 듣고 있어."

"나 다 알고 있어. 네가 그동안 어떻게 살아왔고, 너에게 무슨 일이 일어났는지."

"…"

소미는 말이 없었다.

"네가 나를 왜 그렇게 냉정하게 밀어냈는지, 이제 알 것 같아. 어리석게도 난 그동안 내가 너를 지켜준다고 생각했어. 그런데 그게 아니었어. 반대로 소미 네가 나를 지금껏 지켜준 거야. 넌 보잘것없는 나를 위해 태권으로부터 나 대신… 네가 모든 걸 희생한 거야. 난 단지 네가 행복하길 바랐을 뿐인데… 이제 다 틀렸어. 틀렸다고!"

"무슨 말을 하는 거야?"

"하지만 난 너를 끝까지 지켜줄 거야. 소미야, 잘 들어. 태권은 너와 내가 고통받게 하려고 상상할 수 없는 많은 것들을 계획했어. 몇 가지는 너도 이미 알 거야. 너는 모든 게 다 끝난 거라 생각하고 있을 거야. 그런데 아니야. 너에게… 위협을 가하는 인간들이 하나둘씩 또 나타날 거야. 그리고 최종적으로 널 죽일지도 몰라. 그들이 누군지도 알 수가 없어."

"무슨 소리야? 그런 얼토당토않은 말을 하기 위해 전화한 거야? 그러지마. 말했잖아. 이제 제발 네 인생을 살라고. 더 이상 날 위해 아무것도 하지 마. 제발! 그러면 내가 더 힘들어."

"걱정하지 마. 나는 다른 방법을 꼭 찾을 테니까."

"석태야, 김석태!"

나는 전화를 끊었다.

사랑이란 감정은 불현듯 찾아와 나에게 강한 불을 지피고, 꺼지지 않을 것만 같이 활활 타오르던 거센 불은 몇 번의 비바람이 불어와 사그라들었다. 9년의 오랜 기다림에도 불길은 다시 활활 타오르지 못했지만, 한순간 가을 바람을 타고 날아온 낙엽처럼 너는 또다시 내 마음에 불을 지펴 흔들어 놓았다. 이미 끝까지 타버린 장작의 꺼져가는 불씨를 애써 잡으려 했지만, 잡히지 않았다.

너를 향한 내 마음은 너에게 전해지지 않는다. 마지막 불을 지피기 위한 희망이라 생각했던 이름 모를 지푸라기는 알고 보니 물에 젖은 상태였다. 그리고 결국 눈앞에서 사라졌다. 네가 없는 세상은 지옥보다 못할 것이다.

소미야, 너와 나는 언제나 연결되어 있다. 우리가 서로 만날 수 없다면… 나는 단지 네가 있는 곳으로 가고 싶을 뿐이다.

5장.
에필로그

에필로그

아버지는 얼마 전 수업 도중 쓰러져 크게 다치셨다. 과거에 다친 다리를 제대로 치료하지 않고 무심하게 내버려 둔 것이 이유였다. 아버지는 원생들 앞에서 태권도 시범을 보이던 도중에 공중에서 떨어졌고, 머리부터 바닥에 부딪치셨다. 운이 없었다. 푹신한 매트가 있었지만, 뒤통수에 강한 충격으로 뇌에 이상이 생긴 모양이다.

50대 중반의 남자가 혼자서 몸을 쓰는 도장을 운영하는 건 어려운 일이었다. 아버지는 자신의 유일한 가족인 나를 위해 하루하루 열심히 살아오신 분이다. 병실에 누워 언제 깨어날지도 모르는 상태로 불확실한 미래를 살아가야만 했다. 결국 불안했던 우리의 인생 열차는 탈선을 하여 끝내 멈춰버린 것이다.

안 좋은 일들은 항상 연이어 찾아온다고 하지 않았던가.

태권도 도장은 더 이상 운영할 수 없게 되었다. 물건을 정리하기 위해 오늘은 이사를 하는 날이다. 대부분의 물건들은 비교적 헐값에 팔아버렸다. 아버지의 물건들과 몇 가지 중요한 서류들만 챙기기로 했다.

사무실로 들어가 쓸만한 물건들과 버려야 할 물건들을 구분하기 시작했다. 책상 위에는 서울시 청소년 태권도 대회에서 우승했을 때, 아버지와 함께 해맑게 웃고 있던 내 사진이 있었다. 박스에 바로 담았다.

서랍을 열어 중요한 서류들을 구분하기 위해 펼쳐 보았지만, 뭐가 중요하고 중요하지 않은지 판단할 수가 없었다. 서랍 속에 넣어놨다는 건 그만큼 중요한 서류라는 뜻이 아닐까. 커다란 박스가 금세 서류들로 가득 채워졌다.

제일 마지막 서랍을 열어 보니 빛바랜 낡은 서류 봉투가 덩그러니 놓여 있었다. 봉투 겉면에는 이름 모를 병원의 이름이 적혀있었다. 봉투를 열어 보니 색이 바랜 서류들과 비교적 최근의 서류들이 뒤섞여 있었다. 의사의 소견서인 것 같았다. 담당 의사의 소견이 연도별로 빼곡히 적혀 있었다.

'6세. 김석태 군은 진단 결과 선천적으로 약간의 정신이상을 보이고 있습니다. 이는 정신병이라 확신을 할 수는 없으나, 감정적·정신적으로 주변 또래 아이들보다 감정이 없거나 또는 무기력한 모습을 보이고 있습니다. 앞으로 이상 증후가 있을 수 있으니, 좀 더 큰 병원으로 가서 정밀한 진단이 필요합니다.'

— 1995년 3월 20일, 정신과 의사 이규진.

'18세. 김석태 군은 희귀 정신병인 일루전 증후군의 증상을 보이고 있습니다. 일루전 증후군이란, 대상 또는 상황에 대한 환상이나 환각, 오해 그리고 실제로 존재하지 않는 착각 등을 현실에서 존재하는 것처럼 인식하는 상태를 말합니다. 평소에 호감이 있거나 사랑하는 사람이 조금만 본인에게 관심을 보이거나 잘해주면, 착각을 하여 쉽게 혼자만의 상상에 빠져 버리는 성향이 강합니다. 그래서 단기간에 과도한 집중력으로 뇌의 사용량이 높아질 수 있기에 머리에 충격을 줄 수 있는 운동은 절대 하면 안 됩니다. 보통 사건 사고나 심각한 충격에 의한 트라우마로 증상이 더욱 나빠질 수도 있습니다. 이는 정확히 치료할 수 있는 방법이 따로 존재하지 않으며, 본인의 의지나 노력으로 증세가 호전될 수는 있습니다. 다만, 꾸준히 알려드린 방법들을 진행하면서 긍정적인 결과를 기대할 수 있습니다. 평상시에는 일반인과 다름없는 생활이 가능하나 꾸준한 치료와 노력이 없으면, 증상이 심해질 수 있습니다. 그래서 1년마다 꼭 병원을 방

문하여 상태를 진단받고 경과를 지켜봐야 합니다.'

-2008년 9월 20일, 담당 주치의 최영철.

'21세. 석태 군의 증상이 그동안 잘 호전되고 있었으나, 최근 심한 충격의 트라우마로 인해 상태가 악화된 듯 보입니다. 시종일관 무기력하고 약간의 증오심이 표출되고 있습니다. 이 시기에는 과도한 집중력으로 판단력과 두뇌 회전력이 소폭 상승할 수 있습니다. 또한 많은 생각들로 인해 잦은 두통과 정신 불안 증세가 있을 수 있습니다. 정기적인 상담과 함께 음악 또는 책을 통한 마음의 안정이 필요할 듯 보입니다.'

-2011년 1월 28일, 대학병원 임상의 전호성.